www.bbulmedia.com

www.bbulmedia.com

Korea Godfather

코리아갓파더

BBULMEDIA FANTASY STORY

Korea Godfather

코리아갓파더

정사부 현대 판타지 소설

contents

1.
소림패왕

40평이 넘는 넓은 회의장, 하지만 회의장에 듬성듬성 사람이 채워지지 않아 빈자리가 보였다.

이곳은 어제까지만 해도 꽤 많은 장로와 무력대의 대장과 부대장들 그리고 방의 대소사에 참여하는 고위직에 있는 자들이 있었다.

하지만 지금은 절반 정도에 이르는 자리가 비어 있었다.

아니, 핵심이라 할 수 있는 장로들과 주력인 무력대의 절반에 해당하는 이들이 빠져나간 것이기에 어제와 오늘의 전력을 비교하면 그 절반에도 못 미치는 상황이다.

그 때문인지 자리에 앉아 있는 사람들의 표정이 그리 밝지만은 않았다.

그자들이 반기를 들고 반란을 일으켰다고 하지만 어찌 되었든 자신들의 힘이 절반으로 줄었고, 또 그 때문에 세력이 많이 위축되었다.

그 예로 항주시에서는 절대적인 위치를 가지고 있었는데, 벌써 자신들의 소문이 퍼졌는지 불온한 움직임이 보이고 있었다.

물론 그런 움직임을 걱정할 정도로 전력을 깎아 먹은 것은 아니다.

전국에 퍼져 있는 전력을 항주로 불러들이고 세력을 절강성으로 축소시킨다면 충분히 막아 낼 수 있다.

비록 몇 십 년에 걸쳐 피 흘리며 차지했던 구역을 내줘야 한다는 것이 아쉬울 따름이다.

이런 생각으로 표정이 좋지 못한 금련방의 장로들과 다르게 밝은 표정으로 일관하는 사람이 있었다.

그 사람은 바로 성환과 양명이었다.

어제 금련방에 당도해 자신의 뜻을 관철시키는 과정에서 일부 과격세력이 반란을 일으켰다.

참으로 공교롭게도 반란이 일어난 회의에 성환이 있었고, 그의 손에 많은 금련방 장로들이 운명을 달리했다.

그렇다고 금련방이나 성환이 그들의 죽음에 안타까워한 것은 아니다.

금련방의 방주나 장로들은 자신들과 뜻에 반하는 반도들이 죽은 것이기에 별다른 불만이 없었다.

아니, 있다 하여도 표시할 수가 없었다.

당시 성환이 보여 준 무위는 자신들의 상상을 불허하는 것이었기 때문이다.

성환에게는 총도 소용이 없었다.

어떻게 된 일인지 반도들이 쏜 총알은 그의 곁에 접근도 하지 못하고 빗나갔다.

뿐만 아니라 몸 가까이 접근했더라도 보이지 않는 무언가에 막혔다.

또 어떤 때는 날아오던 총알을 손으로 잡아 그것을 암기처럼 쏘아 내기까지 했다.

그의 손에서 날아간 총알들은 자신들의 주인을 찾아가듯 총을 발사했던 이들에게 날아가 그들의 몸에 틀어박혔다.

이땐 그의 편을 섰던 방도들이나 반란을 힐책한 이들 모두 놀라 움직일 수가 없었다.

대적불가의 존가를 눈앞에 두었을 때 보이는 사람들의 행동은 모두 똑같았다.

지금도 뒷수습을 위해 모여 있긴 하지만 어느 누구 하나 성환의 눈치를 보며 선뜻 말을 꺼내지 못하고 있었다.

그런 금련방의 장로와 방주인 양창위를 지켜보던 성환이 먼저 입을 열었다.

"어제 못 다한 이야기를 계속하기로 하지?"

이미 성환이 반말을 하는 것은 그러려니 하고 있어 성환의 말에 불만을 표시하는 이는 아무도 없었다.

불만을 토하던 자들이 어떻게 되었는지는 어제 모두 지켜보았기 때문이다.

"내가 하고 싶은 이야기는 어제도 말했다시피 금련방에서 데려간 여성들을 모두 돌려보내라는 것이오."

성환의 말이 끝나기 무섭게 금련방 방주인 양창위가 대답을 하였다.

"알겠습니다. 소림 사조의 말씀을 본 방에서는 수용하겠습니다."

양창위는 성환을 부를 만한 호칭을 고민하다 자신의 아들이 성환을 소개했던 명칭을 성환의 호칭으로 부르게 되었다.

어찌 보면 그게 양창위에게 남은 자존심의 발로였는지도 몰랐다.

일개 작은 나라의 개인에게 당한 것이 아니라, 대륙의 자존심인 소림사의 어른에게 당했다는 자위적인 말이었다.

성환은 양창위가 자신을 소림 사조라 부르건 다른 어떤 호칭으로 부르든 상관이 없었다.

그저 자신의 뜻이 관철되는 것이 중요할 뿐이다.

"하지만 현실적인 문제로 100% 수용할 수도 없습니다."

양창위의 말에 성환은 조금 전보다 더 차갑게 쏘아지듯 말했다.

"그건 무슨 뜻이지?"

순식간에 실내의 공기가 차갑게 가라앉았다.

그 때문이지 여기에 자리하고 있는 사람들은 자신도 모르게 마른침을 삼켰다.

'꿀꺽!'

소리는 나지 않았으나 사람들 역시 분위기가 심상치 않다는 걸 느낀 듯했다.

"오, 오해는 하지 마십시오. 저희가 들어 드리지 않겠다는 것이 아니라 돌아가기를 거부하는 사람이 있어 그렇습니다."

성환은 양창위의 말을 듣고 황당한 생각이 들었다.

아니 강제로 납치되어 외국에 팔려 온 여성들이 고국으로 돌아가지 않겠다고 했다는 말이 도저히 이해가 가지 않았기 때문이다.

"그게 무슨 말이야? 정말로 여자들이 돌아가지 않겠다고 했다는 말인가?"

"그렇습니다."

성환은 혹시나 물리력이나 그에 준하는 겁박을 해 돌아가는 것을 거부한 것은 아닌가, 하는 의심을 하게 되었다.

"혹시 그녀들이 그런 말을 한 데에는 그대들의 강요가 있던 것은 아닌가?"

"그렇지 않습니다. 절대로⋯⋯."

양창위는 성환의 물음에 얼른 대답을 했다.

혹시라도 대답을 늦었을 때, 어제와 같은 상환이 이 자리에 벌어질지 모른다는 두려움에 신속하게 대답을 했다.

그런 아버지의 모습을 보면서도 성환의 옆에 있는 양명의 눈은 성환에 대한 동경의 눈빛을 거두지 않았다.

실력이 되지 않아 그저 뒤에서 잔챙이들만 상대하던 양명.

그런 자신이 위기에 처할 때마다 그를 공격하던 금련방의 반도들이 원인도 모르게 픽픽 쓰러졌다.

나중에야 그것이 성환이 자신의 위기를 보고 도왔다는 것을 알게 되었다.

그런 생각이 들자 어떻게 그 먼 거리에서 멀리 떨어진 자신을 도와줄 수 있었는지 생각을 하다 성환이 백보신권을 할 수 있다는 것에 생각이 미쳤다.

전설에 의하면 백 보 밖의 바위를 파괴할 수 있다는 백보신권.

그런 전설적인 무공을 할 수 있다는 말은 다르게 말을 하면 어쩌면 다른 소림의 전설적인 무공도 할 수 있다는 말도 되었다.

물론 그게 맞는 말인지는 양명에게 중요한 것이 아니다.

백보신권으로 자신을 도와주었다고 보기에 당시 자신을 상대하던 자들의 상처가 그리 크지 않았다.

그 말은 백보신권이 아닌 다른 무공으로 도움을 주었다는 말이다.

이런 생각을 유추한 양명은 사문의 또 다른 전설적인 기공이 생각났다.

탄지신통(彈指神通).

탄지신통 또는 탄지신공이라 불리는 이 무공은, 전설에 따르면 금강공을 극으로 익힌 고수가 중지에 내공을 집중해 손가락을 튀겨 뭉친 내공을 총알처럼 쏘아 내 공격을 한다,

전해지고 있다.

사문의 또 다른 전설의 지공(指功)인 일지선(一指禪)과 함께 무림 일절로 불리던 전설적인 무공.

그것이라면 충분히 어제와 같은 상황에서 자신을 도와줄 수 있었을 것이라 생각했다.

처음에는 두 무공을 두고 어떤 무공일까? 고민을 해 봤는데, 극양공(極陽功)인 일지선이라면 맞은 자리에 그을린 표시가 나타났을 터, 하나 아무런 흔적도 없었다.

그 말은 내가중수법이 사용되었다는 것을 의미한다.

물론 전설로만 전해지기에 그것이 정확한지는 모르지만, 아무튼 자신이 알기로는 그렇게 전해지기에 극양공인 일지선이 아니라면 탄지신통뿐이다.

이런 생각이 들자 양명은 무한한 존경의 염으로 성환을 우러렀다.

그러니 지금 이 자리에 자신의 아버지가 어떤 행동을 하던 그의 귀나 눈으로 들어오지 않고 오로지 성환만이 보이고 있었다.

"일부 여성들이 지금의 삶에 만족을 하고 한국으로 돌아가지 않겠다고 선언을 했습니다."

한편 성환은 거듭되는 양창위의 말에 머릿속이 혼란스러

왔다.

어떻게 그럴 수 있는 것인지 판단을 할 수가 없었기 때문이다.

한참을 고민하던 성환은 그들이 누군지 물었다.

그러면서 어떤 상황인지도 함께 물었다.

"그럼 돌아가는 것을 거부한 여자들이 누구며, 지금 어떻게 살고 있기에 귀국을 거부하는 것인지 알 수 있소?"

여자들이 돌아가기를 거부한다는 말에 성환은 조금은 누그러진 말로 질문을 하였다.

그런 성환의 질문에 양창위는 조심스럽게 자신의 앞에 있는 무언가를 성환에게 전달을 했다.

양창위가 건네주는 서류에는 그동안 대범파가 금련방에 팔아 넘긴 여자들의 명단이 들어가 있었다.

그리고 다른 것에는 그렇게 팔려 온 여자들이 누구에게 팔려 갔는지도 상세히 나와 있었는데, 팔려 간 것은 맞으나, 그녀들이 종사하는 일이 성환이 처음 생각한 것과는 조금 달랐다.

성환은 그녀들이 중국에 팔려와 윤락업소에 팔려 가거나 아니면 시골 어딘가의 성노예로 팔려 갔을 것이라 생각했다.

그런데 그것이 아니었다.

금련방에 팔려 온 여자들은 성환이 생각한 것보다 상태가 좋았는지 거의 몇몇 여자들만 빼고 모두 금련방 휘하에 있는 연예기획소에 소속되어 있었다.

이 연예기획소는 한국으로 친다면 연예기획사였다.

다만 연예기획소라 말한 것은 기획사라고 부르기에는 그 규모가 중국의 기준으로 보기에 작아 그렇게 써 놓은 것 같았다.

물론 노예처럼 팔려 왔기에 그녀들이 중국에서 연예인을 하면서 정당한 대가를 받고 있을 것이란 생각은 들지 않았지만, 그래도 최악은 아닌 듯 보여 속으로 다행이라 생각했다.

대범파와 같은 저질 양아치를 상대하던 곳이라 생각되지 않게 금련방은 기준이 명확한 운영을 하는 것으로 보였다.

사실 그것은 맞으면서도 틀린 것이기도 했다.

금련방의 출발이 명나라가 멸망하고, 오랑캐의 나라인 청나라가 들어서며 반청복명의 기치를 가진 천지회에서 떨어져 나온 곳이다 보니 그런 기질이 있었다.

하지만 비밀결사이다 보니 이들도 세월이 지나면서 많이 변질이 되었다.

그렇기에 흑사회 조직처럼 인신매매도 하게 되고, 살인청부와 같은 일도 하였다.

이런 것을 모르니 성환이 한국에서 팔려 온 여자들이 무사한 것에 그동안 금련방에 가졌던 선입견을 버리고 있었다.

사실 성환에게 금련방이 좋은 곳이든 나쁜 곳이든 상관은 없었다.

그저 자신의 기준에 맞는 곳이면 적당한 대가를 주고 이용하면 되는 것이고, 그렇지 않고 자신의 생각과 같았던 곳이라면 그냥 싹 처리하고 새로운 곳을 물색하면 되는 것이다.

그런데 다행히 자신과 인연을 맺은 양명의 집안인 금련방이 자신이 처리해야 할 곳이 아니란 것은 다행이란 생각이 조금 들 뿐.

양창위가 준 서류를 살펴보던 성환의 눈에 이상한 것이 눈에 뛰었다.

대범파에서 납치했던 이들이 중국에 와서 오히려 더 잘된 경우도 있었기 때문이다.

한국으로 돌아가길 거부했다는 여자들이 그 장본인들이다.

그녀들은 대범파에 납치가 되어 중국에 팔려 오는 지경에 이르렀지만, 지금은 중국에서도 알아주는 기업의 안주인이 되어 있었다.

참으로 인생은 새옹지마(塞翁之馬)라는 말이 맞았다.

나락 끝으로 추락했던 여인들이 이제는 중국 상류 사회 일원으로 대기업 마나님이 되어 있었다.

그러니 한국에 돌아갈 생각을 하지 않는 것일 수도 있었다.

중국의 갑부와 한국의 부자는 돈의 단위 차이에서부터 다르다고 하지 않던가?

그러다 보니 아무래도 한국에서 보다 중국에서 자신들의 위치가 높으니 아무래도 한국에 돌아가지 않으려는 것인지도 몰랐다.

굳이 돌아가지 않겠다고 하는 사람들을 억지로 한국에 데려갈 생각은 예초에 하지 않았던 성환이다.

아니, 설마 그런 사람이 있을까? 라는 생각도 하지 않았다.

성환은 보던 서류를 테이블에 내려놓고 양창위를 쳐다보았다.

성환의 시선이 느껴지자 양창위는 긴장을 했다.

어찌 긴장을 하지 않을 수 있겠는가, 어제 성환의 실력을 직적 두 눈으로 목격한 것이 있는데.

정말이지 인간 같지 않은 성환의 능력에 절로 공포가 엄습해 왔다.

그건 양창위 혼자만의 생각이 아니었다.

이 자리에 있는 모든 사람의 눈이 성환의 입을 주시하고 있었다.

그가 어떤 말을 할지 두렵고 또 긴장이 되었다.

"굳이 돌아가지 않겠다고 하는 사람을 억지로 데려갈 생각은 없다. 이곳에서 행복을 찾은 사람을 억지로 한국에 데려가 봐야 내가 그들을 책임질 수 있는 것도 아니고, 그저 자신의 뜻과 상관없이 억지로 끌려온 이들을 돌려보내려는 것뿐이니."

성환은 양창위의 말을 듣고 자신의 생각을 그대로 말을 했다.

그렇지 않은가.

이곳에서 행복한 삶을 살고 있는 여자들을 억지로 한국에 돌려보내 그녀들의 행복한 삶을 깰 필요는 없었다.

성환의 이야기를 들은 사람들은 속으로 안도의 한숨을 쉬었다.

누구나 자신의 목숨을 소중한 것이다.

비록 중국인들이 인명을 경시하는 경향이 있기는 하지만, 자신의 생명은 그 무엇보다 소중한 것이다.

그렇기에 조금 전 성환의 말은 자신들에게 그동안 저질렀던 죄에 대한 면죄부를 발급하는 소리와 같았기에 안심을 하게 되었다.

"그럼 이젠 그 일은 일단락 짓기로 하고……."

성환이 계속해 이야기를 하다 잠시 말을 끊었다.

이야기를 하다 만 성환의 모습에 다시 실내에 있던 사람들은 긴장을 하게 되었다.

다른 말도 아니고 '일단'이란 말 때문에 자신들이 벌인 일 중 성환이 마음에 들지 않아 한 일이 있는지 가슴이 철렁했다.

하지만 연이어 들린 성환의 말은 그것이 아니었다.

"내가 조사해 보니 금련방에서 여러 가지 사업들을 하고 있다고 하던데."

"그렇습니다. 한국에서의 일처럼 음지의 일도 있지만, 엔터테인먼트나 건설업 등 정상적인 사업체도 운영하고 있습니다."

성환이 다른 말을 하기 전 양창위는 얼른 끼어들어 성환의 말에 대답을 했다.

그런 양창위의 말에 성환은 이곳에 오기 전 생각했던 것
을 말했다.

"내가 한국에 사업을 하고 있는데, 그중 하나가 제약사를
운영 중이오."

양창위는 물론이고, 실내에 있던 모든 사람들이 눈을 반
짝였다.

제약사라는 것이 왠지 모르게 돈이 될 것 같다는 생각이
이들의 뇌리를 스쳤다.

사실 금련방에서도 제약사를 운영하고 있었다.

다만 그 규모가 그리 크지 않고, 인지도도 별로 좋지 못
했다.

사실 금련방에서 운영하는 제약사는 솔직히 제약사라고
부르기에도 미안할 정도로 영세했다.

그저 마약을 생산하는 시설로 이용된다고 보면 그 말이
맞을 것이다.

다른 약들은 너무도 인지도가 없기에 판매도 거의 되지
않아, 사실상 마약을 제조하는 것을 위장하기 위한 시설 정
도로 둔갑한 지 오래다.

그런데 지금 성환이 한국에서 제약사를 운영하고 있다고

하니 잘만 하면 선진 기술을 들여올 수도 있다는 생각이 들었다.

특히나 아직도 대륙에는 한류의 바람이 꺼지지 않고 엄청난 인기를 끌고 있다.

이런 때에 한국의 제약사와 기술 협력을 했다고 한다면 단숨에 자신들이 운영하는 제약사의 이름값을 올려놓을 수 있었다.

그러니 어서 빨리 성환이 어떤 제안을 할 것인지 애가 탈 지경이다.

"그런데 내가 운영하는 제약사에서 생산하는 약들이 모두 생약(生藥)제제들이라 약초들이 많이 필요한데……."

성환이 이쯤 이야기를 하자 그제야 양창위를 비롯한 실내에 있던 장로들은 성환이 무슨 제안을 하려고 하는지 깨달을 수 있었다.

자신들이 운영하는 사업체 중에는 유통업을 하는 회사도 있었다.

대륙 전역을 상대로 하지는 않지만 그래도 남부 3개성을 장악하고 있다시피 하고 있어 유통에서는 금련방이 운영하는 금련유통은 중국에서 결코 작은 기업은 아니었다.

"금련방에서 백두산에서 나는 약초들을 거둬, 내게 납품을 했으면 하는데, 어떻소?"

성환은 자신이 생각을 이 자리에 있는 사람들에게 설명했
다.

금련방이 운영하는 회사에서 백두산산 약초들을 수급해
한국으로 보내 달라는 제안이었다.

정식으로 납품 계약을 하자는 것이다.

"백두산?"

그런데 정작 성환의 제안을 들은 사람들은 성환이 말한
백두산이란 단어를 이해하지 못했다.

그도 그럴 것이 백두산은 한국 사람들이 쓰는 지명이고,
중국인들은 그곳을 백두산이라 하지 않고 장백산(長白山)
이라 불렀다.

그러니 백두산이란 지명을 알지 못해 의문을 표한 것이
다.

'이런!'

성환은 사람들의 당황한 모습에 자신이 무엇을 실수했는
지 깨달았다.

"아, 백두산이란, 바로 여러분이 알고 있는 장백산을 한
국에서 부르는 명칭이오."

성환이 얼른 단어를 정정해 주자 그제야 백두가 장백이란

것을 깨닫고 고개를 끄덕였다.

중국에서도 장백산에서 나는 약초들이 최고의 약초란 것을 잘 알려져 있다.

그러니 성환이 지금 자신들에게 그곳의 약초를 구해 달라는 제안을 하자 고개를 끄덕였다.

굳이 거절할 이유가 없었다.

어떻게 보면 그것을 빌미로 자신들의 영역을 넓힐 수도 있기 때문이다.

흑사회의 일이 아닌, 정당한 사업을 빌미로 길림성까지 진출을 한다면 누구도 막을 수는 없을 것이다.

그렇게 길림성에 진출을 하다, 시기를 봐 다른 영역까지 사업 영역을 확대하면 되는 일이다.

이때 양창위는 성환의 제안을 받고 뭔가 머리를 굴리기 시작했다.

현재 금련방의 전력은 절반으로 줄어 버렸다.

비록 정상적인 사업 때문이라고는 하지만, 분명 방해를 하는 집단이 있을 것이 분명했다.

중국 내에서도 장백산 약초들의 유통은 많은 이권이 작용하기 때문이다.

특히 장백산삼이나, 장백영지 같은 경우는 정부 고위 관료들에까지 손이 미치기 때문에 조심할 필요가 있었다.

더욱이 지금 장백산 약초의 수급을 언급하는 것으로 봐선 결코 흔한 약초를 공급해 달라는 것은 아닐 것이란 생각에 양창위의 머리는 복잡하게 돌아가기 시작했다.

"……좋은 제안입니다."

양창위는 일단 성환의 제안에 화답을 했다.

비록 어제까지만 해도 편이 갈려 싸움이 벌어지고 많은 사람이 죽어 나갔지만 어제는 어제고, 오늘은 오늘.

이미 성환의 힘을 목격한 이들은 성환의 제안을 거부할 수도 없었다.

괜히 두렵기 때문이다.

그러니 두려운 괴물과 척을 지기보다는 함께 가자는 생각에 성환의 제안을 받아들이기로 하였으나 또 다른 난관이 있었다.

그래서 일단 양창위도 성환에게 말을 했다.

금련방도 정보를 다루는 곳이 있다.

금련방과 같은 세력을 형상하기 위해서는 정보 부서를 운영하는 것은 당연한 것이다.

자신의 아들을 통해서도 듣고, 또 정보 부서에서 정보를 파는 정보 상인들에게 사 온 것도 있어 성환에 대해 어느 정도는 알고 있었다.

소림의 사조라 불리고 또 소실된 나한기공을 복원해 준 사람이라고 말이다.

그뿐만 아니다.

그의 손에 금련방 3대 무력조직 중 하나인 철사대가 절단 나지 않았던가.

거기다 한국에 파견 나갔던 모든 인원이 폐인이 되어 버렸다.

그랬기에 감히 주유명 장로와 동류들이 반란을 일으킬 수 있었다.

이런 생각이 들자 혹시나 현재 방의 상태를 들어 조금 힘들다 하면 도움을 줄지도 모른다는 생각에 제안을 했다.

"저…… 사조의 제안은 참으로 기꺼운 마음으로 들어 들이고 싶은데, 현재 방의 힘이 예전만 못해……. 사조께서 저희를 조금만 도와주시면……."

자신도 말을 하면서 겸연쩍었는지 말을 끝맺지 못했다.

하지만 양창위의 말을 들은 성환은 잠시 고민을 했다.

어제 양명을 통해 금련방의 사정을 들었기 때문에 성환도 어쩌면 이런 제안을 할지 모른다는 생각을 하고 있었다.

그런데 막상 정말로 자신이 생각한 것을 제안하자 성환은 생각에 잠겼다.

어떻게 도와주면 자신의 일이 원활하게 돌아갈 것인지 궁리를 한 것이다.

그러다 문득 떠오르는 것이 있었다.

"사조님, 주유명 장로가 아버지에게 반기를 들 수 있었던 원인 중 하나가 바로 방주의 힘인 3대 무력대 중 한곳이 무너졌기 때문입니다. 만약 철사대만 온전했다면 주유명 장로가 감히 반기를 들지 못했을 것입니다."

양명이 했던 말이 떠오른 성환은 자신의 손으로 폐인을 만들었던 철사대를 다시 복원시켜 주기로 결심했다.

솔직히 그건 성환에게 너무도 손쉬운 일이었다.

그저 떨어뜨렸던 신진대사를 정상으로 돌려놓기만 하면 되는 문제였다.

아니, 자신으로 금련방이 예전의 전력에 비해 절반의 수준으로 떨어졌으니 조금 힘을 실어 주는 것도 괜찮을 듯싶었다.

예전 만수파를 그렇게 해서 자신의 밑에 두지 않았던가?

그러니 금련방도 그러지 말라는 법도 없었다.

이런 생각이 들자 성환은 바로 일을 진행하기로 했다.

공안 상층부는 물론이고, 중국정부 고위층에서도 난리가 났다.

항주에서 벌어진 한 가지 사건으로 인해 중국을 움직이는 고위층들 사이에 큰 혼란이 발생했다.

중국의 전체 인구는 공식적으로 발표되기를 13억이 넘고, 14억이 되지 않을 것이라 하였다.

하지만 항간에는 그 숫자도 정확한 조사된 숫자가 이루어진 것이 아닌, 내륙 깊숙이 자리한 마을 같은 경우 빠져 있기에 그보다 적어도 10%는 더 많을 것으로 예상을 하고 있다.

정부 당국도 자국의 정확한 인구를 통계하지 못하기에 웬만큼 사람이 죽어서는 신경도 쓰지 않는다.

특히나 흑사회 조직이 벌이는 항쟁이 적지 않게 벌어지고 있기에 그들의 죽음에 관해선 일선 공안도 신경을 쓰지 않는다.

괜히 그들의 싸움에 조사를 하려다 보복을 당할 수도 있기 때문에 그냥 그들끼리 알아서 처리하고 나중에 그냥 사람이 죽었다고 사망 처리만 하는 게 실정이다.

그런데 이번 항주에서 벌어진 금련방의 일은 그렇지 못했다.

금련방이 중부 관계자들과 선을 대고 있어 그런 것도 아니다.

비록 금련방이 절강성에서 꽤 알려진 방파라고 하지만 솔직히 중국에는 그와 비슷한 조직이나 방파가 무수히 많았다.

아니, 그보다 더 거대한 집단도 두 손을 꼽은 것보다 많았다.

막말로 절강성 내에도 금련방보다 더 거대한 방파나 집단이 있었다.

그런데 고위층들이 금련방을 주시한 것은 항주 공항에서 있었던 한 가지 사건 때문이다.

젊은 소림 승려가 한 젊은 남자를 보며 사조라 부르던 일 때문에 공안이 그를 눈여겨보게 되었다.

더욱이 그 남자가 항주에서 유명한 흑사회 조직인 금련방으로 들어가는 것을 목격하게 되면서, 혹시라도 무슨 사건이 일어날 수 있다는 판단에 무술을 익힌 흑사회 조직들을 감시하기 위해 조직된 특수부를 파견했다.

그리고 얼마 뒤 전해진 소식에 공안 특수부는 물론이고,

중앙 공안청이 뒤집어졌다.

금련방의 거물로 알려진 주유명 장로를 비롯한 장로들과 일부 무력대들이 반란을 일으켰다가 토벌이 되었다는 보고 때문이다.

뿐만 아니라 의문에 쌓인 젊은 소림 사조라는 자가 그 사건과 연관이 있다는 것 때문에 더욱 난리가 났다.

공안 특수부에서 촬영한 비디오 영상을 본 고위 관계자들은 도저히 믿을 수가 없었다.

총알 속을 비집고 들어가 수십 명을 격살시키는 그자의 무력은 무시무시했기 때문이다.

탁!

"이거 어떻게 보십니까?"

몇 번을 돌려 보지만 자리에 있는 사람들은 도저히 믿을 수가 없었다.

"방금 본 영상은 이상이 없는 것은 아닙니까?"

중앙에 자리하고 있던 남자가 주변에 있는 사람들을 보며 질문을 하자 그의 오른편에 있던 남자가 되물었다.

그런 남자의 물음에 처음 입을 열었던 남자의 왼쪽 끝에 자리한 남자가 일어나 대답을 했다.

"항주 공안 특수부 부장 양만해입니다. 방금 보신 자료는 당시 파견 나갔던 특수부 대장인 제갈궁 경독이 녹화한 진본입니다."

양만해 부장은 자신의 부하인 제갈궁이 녹화한 영상을 의심하는 위원회 위원에게 방금 본 영상에 아무런 조작이 없었음을 증언하였다.

"음."

부장의 증언으로 인해 장내에 다시 한 번 신음 소리가 들렸다.

영상은 거리가 멀어 뚜렷하게 잡히지는 않았지만 이상한 장면이 포함되어 있었다.

이 자리에 있는 사람들이 이해를 하지 못하는 것은 순간적이긴 했지만, 금련방 장로와 다수의 사람들을 살상한 남자가 총알이 빗발치는 속을 뛰어들 때, 언뜻 언뜻 그자의 몸 주변이 반짝이는 것이 보였다.

뿐만 아니라 그의 양손도 금빛으로 도포를 한 것처럼 반짝이는 것이 보였다.

그 때문에 이 자리에 있던 군사 위원회 위원들이 고개를 갸웃거린 것이다.

형광 물질을 바른 것도 아닌데 사람의 신체에서 빛이 나는 것인지 알 수가 없기 때문이다.

그렇다고 화면 속 남자의 복장이 무슨 특수 분장을 한 것처럼 보이지는 않았다.

그러니 더욱 이해할 수 없어, 이렇게 조작이 아니냐는 질문이 나온 것이다.

하지만 결론은 아니라는 증언만 들었다.

그러다 보니 원인을 파악할 수도 없었다. 더욱이 빈손으로 총을 든 사람을 살상할 정도로 무술 실력이 대단한 괴인을 그대로 방치한다는 것도 두려운 일.

그런데 중국을 좌지우지하는 군사 위원회 위원들인 이들이 이렇게 외국인 한 명을 어쩌지 못하고 이렇게 그의 처리를 논의하는 것은 전적으로 그의 신분 때문이었다.

단순한 무술 실력이 강한 외국인이라면, 흑사회 조직원이라지만 자국민을 살상했으니 살인죄로 다스리면 될 일이다.

비록 총도 두려워하지 않는 것으로 보이나, 인간의 능력이란 한계가 있음을 잘 알고 있기에 군대를 동원하면, 아니, 무경이나 공안 특수부를 파견하면 해결할 수 있을 터.

그런데 그자의 신분이 심상치 않았다.

비록 외국인이긴 하지만, 단순한 외국인이 아닌 소림의 사조라는 신분을 가지고 있었다.

즉, 그 말은 그의 뒤에 소림사가 자리하고 있다는 말이었다.

개인이 아닌 소림사라는 단체의 어른으로 있다는 사실은 단순한 것이 아니다.

소림은 중국의 자존심이며, 또 현 정부에 많은 영향력을 미치고 있는 집단.

뿐만 아니라 소림의 제자들은 각계각층에 자리하고 있는데, 정계와 재계는 물론, 군벌에도 많은 자리에 소림의 제자가 자리하고 있다.

그리고 이 자리에조차 소림 출신의 위원이 있을 정도.

비록 소국의 국민이지만 그런 사람을 함부로 처리할 수 있겠는가?

그냥 두기에는 그의 무력이 두렵고, 그렇다고 추방을 하자니 그의 뒤에 소림이 있어, 자리에 있는 위원들 모두 전전긍긍할 수밖에 없었다.

다만 소림 출신의 위원만이 그저 이야기로만 전해 들은 사문의 최고 어른의 능력을 알게 되어 흥분으로 몸을 가늘게 떨리고 있을 뿐이다.

'말로만 듣던 사조님의 능력이 저 정도라니! 과연!'

정법 위원회 서기인 전용강은 비록 중국 내 권력 서열은 9위이지만, 사실상 중국을 움직이는 상무위원 중 한 명. 그의 권력이 절대로 작은 것이 아니다.

그러면서도 자신의 사문인 소림사에 가지는 자부심이 대단하기도 하고, 또 그의 뒤에 있는 소림사의 영향력도 대단하기에 그보다 권력 서열이 높은 자라고 해도 감히 그를 무시하지는 못하는 대단한 인물이다.

그런 전용강은 자신의 손자뻘로 보이는 성환이 잔인하게 사람들을 죽이는 장면을 보면서도 자부심 가득한 미소를 유지하고 있었다.

나이는 어리지만, 사문의 어른으로 지명된 성환의 모습이 결코 소림의 이름에 먹칠하는 것이 아닌, 소림의 이름을 더욱 드높이고 있었기 때문이다.

뿐만 아니라 소림을 더욱 신비하고 두려운 곳으로 사람들에게 기억되게 만들고 있어 자신의 다음 권력 구도에 좋은 영향을 미칠 것으로 생각되자 웃음이 절로 나왔다.

사실 자신을 비롯한 상무위원들 뒤에는 거대 집단들이 자리하고 있다.

자신은 소림사가 뒤를 받쳐 준다면, 자신과 계속해서 대립각을 세우고 있는 황보광 국가 부주석의 뒤에는 세가연합이 있다.

과거 가문의 이름으로 뭉친 집단인 세가연합의 중심에는 그 유명한 남궁세가나 모용세가 등이 시간의 흐름을 격하고 지금까지 유지되고 있었다.

이렇듯 권력층 뒤에서 과거에 융성했던 세력들이 이름을 바꾸고 현재에 권력자들 뒤에서 과거의 영광을 재현하기 위해 노력하고 있었다.

그런데 이번에 자신의 배경이 되는 소림의 위상이 올라가는 사건이 벌어진 것이다.

이번 일로 자신을 견제하던 위원들은 긴장 좀 할 것이 분명했다.

여러모로 이번 사건은 자신에게 호재로 작용할 것이니, 전용강은 다른 위원들과 다르게 느긋할 수 있었다.

자신이 이번 위원회 회의에서 할 일은 자신의 든든한 힘이 되어 줄 사조가 부당한 대우를 받지 않게만 하면 되는 일이다.

그리고 그 일은 자신뿐 아니라 자신을 지지하는 위원들과 함께 적당히 발언을 하면 되었다.

한편 화면을 본 다른 위원들은 정말로 일을 벌인 성환의 처우에 관해 논의를 하고 있었다.

위험한 외국인을 어떻게 처리할 것인지 고민을 하며, 또 한편으로는 상무위원인 전용강의 눈치를 살피기도 했다.

특히 전용강 위원과 대립각을 세우고 있는 황보광 위원의 얼굴에는 공포감이 깃들어 있었다.

아니, 그러겠는가.

자신의 뒤에 세가연합의 한 축인 황보가문이 있다고 하지만, 방금 전 화면 속 소림 사조라 불리는 초인이 혹시라도 자신의 정적인 전용강의 부탁을 받고 찾아오지나 않을지 전전긍긍할 수밖에 없었다.

총알까지 피해 가는 엄청난 자가 정말로 자신을 암살하려고 온다면 어떻게 막을 것인가.

비록 자신의 뒤에도 배경이 되어 주는 무인들이 있기는 하나, 화면 속 인물과는 비교가 되지 않는 평범한 사람들일 뿐.

황보광은 도저히 가만히 있을 수가 없었다.

자신을 안전을 위해선 저런 괴물과 같은 자는 이 땅에서 얼른 추방을 해야 한다고 생각을 했다.

"저자를 얼른 잡아들여야 합니다."

느닷없는 황보광 위원의 말에 모든 사람의 시선이 그에게 쏠렸다.

"우리 국민을 사실한 저자를 도저히 용서할 수 없습니다. 잡아다 응분의 대가를 치르게 해 줘야 합니다."

황보광은 위기의식에 성환을 잡아들여야 한다고 역설했다.

하지만 그런 황보광의 말을 들어 줄 수 없는 사람이 있었다.

바로 전용강이었다.

그는 얼른 황보광이 주장하는 것을 반박하며 자신이 알고 있는 것을 말했다.

"얼토당토 않는 말을 하지 마시오. 저분은 우리 중국에 큰 은혜를 베푼 분입니다. 비록 외국인이기는 하지만, 소림사의 어른이기도 합니다."

전용강은 성환과 소림사와의 관계를 들먹이며 그의 신분 뒤에 소림사가 있다는 것을 자리에 있는 사람들에게 강조했다.

이 자리에 있는 사람들도 각자 자신들만의 정보 라인이 있기에, 사전, 성환이 소림과 연관이 있다는 것을 들었다.

그런 와중에 소림의 장로인 전용강이 직접 확인을 시켜 주니 자리에 있는 위원들의 표정들이 급변했다.

각자 자신들과 그리고 자신들이 속한 집단이 소림과 어떤 관계에 놓여 있는지부터 머릿속으로 계산을 하기 시작했다.

솔직히 이 자리에 있는 위원들의 뒤에 있는 집단들 안에는 보통 사람들은 상상도 못할 능력을 가지 특별한 사람들이 있다.

과거와 다르게 기공들이 사라진 현대에, 잔재주를 부리는 것이 아닌 현대에도 과거에는 미치지 못하지만, 진정한 기공을 사용하는 이들이 있다.

무인이라 불리는 그들은 때로는 보이지 않는 검이 되어 정적들을 처리하는 곳에 사용이 되었다.

하지만 방금 전 화면 속의 인물은 그런 이들을 뛰어넘어도 한참을 뛰어넘은 비교 불가의 존재였다.

마치 신화 속에 있는 영웅처럼 화기를 두려워하지 않고, 그 속으로 뛰어 들어가 적들을 처리했다.

그런 존재가 내 편이라면 든든할 테지만, 그렇지 않다면 밤에 편안히 잠도 자지 못할 것이다.

이렇게 위원회 위원들은 각자 자신이 어떤 집단에 속해 있는지 이해관계를 생각하며 고민에 빠졌다.

이렇게 성환이 벌인 일 때문에 중국의 권력자들 사이에 권력 이동 현상이 벌어지려고 하고 있었다.

2.
그녀들의 사정

방주인 양창위와 협상이 원만하게 이루어졌다.

이젠 그에게 힘을 실어 줘야 할 때였다.

하지만 그것에 우선해 그들이 데리고 있는 여자들을 만나
봐야만 했다.

한국으로 돌아가지 않겠다고 한 여자들도 나중에 만나 봐
야만 하겠으나, 일단 돌아가겠다고 한 여자들의 상태를 확
인해야 했기에 그렇게 하기로 하였다.

솔직히 성환이 그렇게까지 할 필요는 없었다.

그냥 금련방으로 하여금 그녀들을 한국에서 데려왔던 것
처럼 몰래 돌려보내면 되는 일이었다.

하지만 성환이 그렇게 하지 않은 이유는 왠지 모르게 그녀들에게 보상을 해 줘야 할 것 같은 느낌이 들어서였다.

납치되고 또 팔려 온 게 성환의 잘못은 아니나, 현재 그가 조폭들과 연관이 있다 보니 그런 생각이 든 것이다.

"여깁니다."

금련방 장로 중 한 명인 황관우의 안내를 받아, 팔려 온 여인들이 모여 있다는 곳으로 향했다.

◈　　◈　　◈

웅성웅성.

"미연아, 무슨 일로 우릴 이곳으로 부른지 들은 것 없니?"

"몰라, 우리 또 어디로 팔려 가는 거 아니야?"

김미연과 단짝인 원숙은 갑자기 자신들을 이곳으로 불러들인 저들의 저의를 몰라 무척이나 불안했다.

두 사람은 이야기를 하면서도 방 안을 둘러보며 아는 얼굴이 있는지 찾아보았다.

그녀들의 눈에 낯이 익은 얼굴이 간간히 보이기는 했지만 굳이 말을 걸지 않았다.

자신들뿐 아니라 그녀들도 무척이나 불안에 떨고 있었기에 혹시 괜히 불안감을 조성하지나 않을까, 저어해서다.

　그리고 그런 것은 방 안에 있는 다른 여성들도 마찬가지였다.

　몇몇 알고 있는 여자들끼리 모여 그룹을 형성해 작은 목소리로 이야기를 주고받을 뿐이다.

　전에도 이런 적이 있었는데, 그때 많은 여자들이 남자들에 의해 어디론가 끌려갔었다.

　또 이 자리에 있는 몇몇은 그대 남자들에게 끌려가 모진 고초를 겪기도 했다.

　여자로서 수치스런 일이지만, 그 뒤로 많은 남자를 경험하게 되었다.

　물론 그녀들이 그때까지 처녀성을 간직하고 있던 것은 아니었으나, 그렇다고 강제로 그런 일을 겪은 기억은 없었기에 참으로 참기 힘들었다.

　그렇지만 인간은 환경에 적응을 하는 것인지, 한때 죽고 싶었지만, 죽을 용기가 없다 보니 그냥저냥 적응해 살았다.

　또 몇몇은 그렇게 적응을 하여 이전보다 조금 더 편한 삶을 살게 되기도 했다.

　끌려간 곳에서 자신이 어떤 처지인지 듣게 되고, 그에 적응해 어떻게 해야 자신이 고통을 받지 않고 편히 지낼 수 있는지 들었다.

그래서 그들의 말대로 열심히 일해, 손님들에게 많은 인기를 끌어 자신이 있는 가게에 도움이 되었다.

팔려 온 처지라 월급은 없지만, 손님들이 주고 가는 팁을 모을 수 있었다.

비록 그나마 팁의 전부를 가질 수는 없지만, 그래도 생활에 적응하다 보니 이젠 지옥 같은 삶 속에서도 자신을 꾸미고, 생활을 하게 되었다.

그렇게 삶에 적응을 했는데…… 이제 또 무슨 일이 벌어지려고 하는 것인지, 팔려 가던 때와 비슷한 상황에 처하게 되었다.

이렇게 불안에 떨고 있을 때, 문밖에서 누군가의 목소리가 들렸다.

"여깁니다."

무척이나 조심스러운 말투였다.

이곳에서 무척 높은 사람이 방문을 하려는 것인가 보다.

방 안에 모여 있던 여자들의 눈이 반짝였다.

전에도 이런 적이 있었다.

처음 이곳에 왔을 때, 어떤 사람이 와서 자신들을 지명해 데려갔었다.

그리고 나중에 들었는데, 그렇게 지명된 여자들은 자신들과 다르게 호의호식하며 살고 있다는 것이다.

대부호의 첩이 되었다는 소식을 들었다.

그러면 어떤가. 자신들처럼 억지로 웃음을 팔지 않고, 이 남자 저 남자의 품을 전전하지 않아도 되는데 말이다.

그런 생각이 들자 미연을 물론이고, 그녀와 대화를 나누던 원숙도 자신의 몸을 단정히 꾸몄다.

이것이 기회가 되어 이런 생활을 끝낼 수도 있다.

자신을 지명한 사람이 자신의 몸값만 지불한다면 그가 자신에게 어떤 일을 하던 최대한 순응할 생각이 있었다.

아무리 인기가 높아져도 자신들은 고급 창녀에 불과하니.

이 지옥 같은 삶을 벗어나려면 어쩔 수 없다.

인기가 높아져 조금의 자유가 있다고 하나 자신들은 여권이 있는 것도 아니고, 이곳 중국에서는 무적(無籍)자이기 때문에 자신들이 있는 가게에서 벗어나 한 발자국도 움직일 수 없었다.

눈을 반짝이며 구원자가 나타나기를 원하는 마음으로 열리는 문을 쳐다보았다.

그녀들의 눈에 50대의 사내가 조심스럽게 뒤를 돌아보며 안내를 하는 모습이 보였다.

미연은 전에도 그를 본 기억이 있다.

자신이 있는 가게에도 가끔 찾아와 그녀를 안았던 남자였다.

당시 가게 사장은 그 남자에게 무척이나 깍듯하게 대했던 기억이 있었다.

그리고 그 남자가 다녀가면 다음 날 자신이 무척이나 편했던 기억도 있다.

사장에게 듣기로는 이곳 항주에서 힘깨나 쓰는 사람이라고 했다.

정부 관계자들도 함부로 하지 못할 정도로 힘이 있는 곳의 장로라고 했다.

그 말이 무슨 뜻인지는 모르지만, 미연이 생각하기에 무척이나 권력이 높은 사람으로 한국으로 치면 국회의원 정도 되지 않을까? 생각했다.

그런데 그런 사람이 허리를 숙이며 무척이나 정중하게 누군가를 안내하는 모습이 보이자 잘 이해가 가지 않았다.

그런데 조금 뒤 미연이나 방 안에 있던 여자들이 이해하지 못할 모습을 보게 되었다.

자신의 절반이나 될 법할 젊은 남자에게 허리를 숙이며

조심하는 그의 모습을 본 것이다.

'저 사람이 누구기에 저 사람이 저렇게?'

미연은 안내를 하는 사람의 정체가 어느 정도 권력을 가진 사람이란 것을 들었는데, 자신보다 어려 보이는 남자에게 저렇게 예를 취하자 이해가 가지 않았다.

이런 생각을 하고 있을 때, 의문의 남자가 말을 했다.

"이들이 전부인가?"

"그렇습니다. 거부를 한 여인들 빼고 모두 이곳으로 불렀습니다."

성환은 자신을 안내하는 황관우의 말을 듣고 방 안을 살폈다.

20대 초반에서 30대 초중반으로 보이는 여성들이 방 안가득 앉아 있었다.

사실 방이라고 부르기엔 이곳의 넓이가 무척이나 넓었다.

차라리 홀이나 실내 운동장이라고 하는 것이 맞을 듯싶다.

사실 성환의 예상대로 이곳은 비가 오거나 눈이 내리는 등 일기가 좋지 않을 때 수련을 하는 곳이다.

하지만 그렇게 넓은 공간인데 한국에서 팔려 온 여자들로 가득했다.

그 때문에 성환의 눈에 작은 분노가 일어나다 사라졌다.

지금 이곳에서 자신이 울분을 풀었다간 죽도 밥도 되지 않는다.

이미 징벌을 하기도 했고, 또 금련방에 시킬 일도 있기에 이 정도에서 멈춰야만 했다.

자신이 생각하고 있는 것은 작은 그림이 아니기 때문이다.

한참 실내에 있는 여자들을 살피던 성환은 고개를 끄덕였다.

"당신들은 모두 한국으로 돌아가길 희망했다는데, 사실인가?"

자신보다 어려 보이기도 했고, 또 약간 불안에 떨고 있는 여자들에게 신뢰를 주기 위해 단호한 어투를 쓰며 물었다.

한편 여자들은 갑자기 들린 한국어에 깜짝 놀랐다.

외국인이 한국어를 배워 하는 말투가 아니기 때문이다.

그리고 방금 들은 한국어는 교포인 조선족이 하는 한국어와도 달랐다.

한국에 사는 한국인이 하는 고국어였다.

여자들은 자신도 모르게 눈에서 눈물이 났다.

왜 그런지도 모르게 눈물이 났다.

그리고 그건 미연도 마찬가지다.

자신의 옆에 있는 원숙과 주고받는 한국어와 다르게 뭔가 자신의 심금을 울렸던 것이다.

"원하기만 한다면 언제든 고국으로 돌아갈 수 있다. 누구의 눈치를 볼 필요도 없으니 고국으로 돌아가고 싶은 사람은 언제든지 내게 말을 하라!"

연이은 성환의 말에 누군가 그의 말에 질문을 했다.

"정말로 돌아갈 수 있나요?"

성환의 말에 여자들 속에서 질문이 들리자 모든 사람이 숨죽여 성환을 쳐다보았다.

성환의 대답을 들은 여자들은 누구 하나 할 것 없이 서럽게 울기 시작했다.

"그렇다. 다른 것은 걱정할 것 없다. 억울하게 납치되어 팔려 온 것을 알고 있다. 너희를 구하기 위해 내가 온 것이다. 그리고 너희를 납치했던 놈들은 그 대가를 치렀으니 걱정할 필요 없다."

성환의 말이 떨어지기 무섭게 여자들이 울기 시작했다.

"엉엉엉!"

"엄마!"

"흑흑흑!"

실내 가득 들어찬 여자들이 울자 엄청난 울림이 실내를 채웠다.

그런 여자들의 모습에 황관우는 자신도 모르게 몸을 떨었다.

그녀들의 울음을 듣고 있자니 자신도 모르게 그녀들의 깊은 한이 느껴졌다.

한참 동안 여자들이 울고 있는 것을 지켜보던 성환이 그녀들을 달래기 시작했다.

언제까지 이렇게 울게 놔둘 수는 없었기 때문이다.

"그만! 언제까지 울고만 있을 것인가? 너희의 고통과 한을 모르는 것은 아니지만 과거는 과거. 과거의 아픔을 딛고 일어나 미래를 준비해야 할 때이다."

마치 선동가라도 된 듯 성환은 눈물바다가 된 실내에 그렇게 외치며 흐트러진 여자들의 마음을 다잡았다.

그 말이 통했는지 울고 있던 여자들이 정신을 차리고 눈물을 훔쳤다.

"과거의 상처가 가시지는 않겠지만…… 내가 최대한 도울 것이다."

성환은 자신이 최대한 그녀들을 도울 것이란 말을 하였다.

이때 여성들 틈에서 다시 질문이 들려왔다.

"무엇 때문에 저희를 도우려는 거죠?"

들려온 질문 속에는 너도 우릴 어떻게 이용하려고 그런 것은 아니냐는 뜻이 내포되어 있는 거 같았다.

그런 질문을 받은 성환은 소리가 들린 곳으로 시선을 주며 대답해 주었다.

"사실 난……."

성환은 대략적인 내용을 그녀들에게 들려주었다.

자신이 군인이었고, 자신의 주변에서 일어났던 불행한 사건과 그 과정에서 자신이 가지게 된 마음, 그리고 계획들과 그 과정에서 여기 있는 여자들을 납치하고 중국으로 인신매매를 한 대범파를 처단한 일, 마지막으로 그들이 가진 장부에서 이들이 어디로 갔는지 알게 되었다는 내용까지 알려주었다.

성환의 이야기를 듣고 있던 여자들은 물론이고, 성환의 옆에 있던 황관우는 속으로 무척이나 놀랐다.

금련방 장로로 있는 황관우가 성환의 이야기를 들으면서 느낀 것은 엄청난 것이었다.

비록 한국이 자신의 조국인 중국에 비해 작은 나라라고 하지만, 결코 쉬운 나라가 아니란 것을 잘 알고 있다.

막말로 절강성은 물론이고 주변 3개 성, 그리고 외국에까지 세력을 떨친 금련방이지만, 한국에 자리를 잡기 위해서 얼마나 많은 투자를 하고 노력을 했던가.

하지만 그런 투자와 노력에도 불구하고 결국 실패로 끝났다.

그런데 지금 눈앞에 있는 남자는 한 지역이 아닌 나라의 수도는 물론이고, 제2도시라 할 수 있는 곳까지 장악을 했다고 한다.

뿐만 아니라 지금도 그의 지시를 받은 조직들이 알아서 통합을 하고 있는 중이라 했다.

자신의 방파만 해도 파벌이 생기는데, 그런 잡음 없이 흑사회를 통일하고 있다고 하니 놀랄 수밖에 없었다.

정말이지 문무겸전의 영웅이 아닌가?

과거에 태어났다면 정말이지 천하를 호령할 남자라 생각이 들었다.

어제까지만 해도 그의 잔인한 손속에 공포를 느꼈지만 오늘 그의 이야기를 들으며 존경의 마음을 품게 되었다.

한편 성환의 이야기를 모두 들은 여자들은 성환이 어떤 조건도 붙이지 않고 자신들을 모두 한국으로 보내 주겠다는 말을 하자 그 말에 믿음이 생겼다.

그런데 또 한편에서 이런 마음이 들었다.

'이대로 돌아가도 가족들이, 주변 사람들이 자신을 좋게 봐 줄까?'

한국 사람들은 다른 나라 사람들에 비해 대체로 정이 무척이나 많다.

불쌍한 사람을 보면 측은지심이 들어 도우려 한다.

그런 측은지심을 가지고 있는 반면 또 반대로 자신과 다른 사람에 관해선 배타적인 마음도 가지고 있다.

조선시대 병자호란을 겪으며 청나라에 공녀로 끌려간 여성들이 조선으로 돌아왔을 때, 그들의 삶이 어떠했는가.

시간이 흘러 일제 식민지 시절 전쟁 중인 군인들을 위로한다는 명목으로 종군위안부, 정신대로 끌려간 할머니들의 삶이 어떠한가.

자신의 의지와 상관없이 지켜 주지 못해 강제로 연행이 된 할머니들의 삶은 지옥 그 자체였다.

여자로써의 삶은 온데간데없고, 마친 더러운 것을 보듯 그들을 외면했다.

아니, 더러운 년이라며 손가락질을 했다.

지금 이 자리에 있는 여자들도 마찬가지.

대범파에 납치되어 외국으로 팔려 온 것이지만, 사람들은 그렇게 생각치 않을 것이다.

과정이야 상관없이 그냥 외국에 몸을 팔았다고 말하며 손가락질을 하고 따돌림을 할 게 분명했다.

이런 걱정에 선뜻 한국으로 돌아가겠다는 말을 하기가 두려워지기 시작했다.

자신을 이곳에서 벗어나게만 해 준다면 모든 것을 다 받쳐 복종을 하겠다고 다짐을 하던 조금 전과는 다르게, 이런 두려움이 그녀들을 옥죄였다.

조금 전가지만 해도 자신의 말에 울고 웃고 반응을 보이던 여자들이 모두 침묵을 하며 심각한 표정이 되자 성환도 난감했다.

그녀들이 무엇을 걱정하고 있는지 모르는 것은 아니지만, 그건 자신이 풀어 줄 수 있는 부분이 아니었다.

그것은 전적으로 본인들이 극복을 해야만 하는 문제였다.

◈   ◈   ◈

"보스! 새로운 정보입니다."

톰 헌터는 급하게 CIA 한국지부장인 칼론 제임스의 방에 들어오며 소리쳤다.

한참 업무를 보고 있던 칼론은 무엇 때문에 자신의 심복인 톰 헌터가 저렇게 다급하게 자신을 찾는지 이상한 얼굴을 쳐다보았다.

"무슨 일이기에 그렇게 날 찾는 거야?"

별일 아니라는 듯 칼론은 다시 보고 있던 서류에 고개를 돌리면 물었다.

지금 칼론 제임스가 보고 있는 것은 한국의 군대 내에서 이상한 움직임이 포착되었기에 그 일을 파악하기 위해 고심을 하고 있었다.

21세기로 들어서면서 한국의 군대는 이전과는 많이 다른 위상을 가지게 되었다.

그건 미국이 경제 침체가장기화 되면서 군 감축에 들어가면서 벌어진 어쩔 수 없는 현상이기도 했다.

자한미군 감축과, 때를 같이해 한국 군대 내에서도 또 국민들 속에서 자주 국방을 외치는 목소리가 나오기 시작했다.

그리고 작전권 회수라는 용어도 심심치 않게 나왔다.

그건 자국의 사정과 맞물려 참으로 다행스러운 일이기도 했다.

한국이 자주 국방을 떠들면서 그들에게 자국산 무기를 많이 필수가 있었기 때문이다.

물론 한국인들은 자주 국방에 걸맞게 자신들이 필요로 하는 첨단무기들을 마치 기다리기라도 한 것처럼 개발하는 엄청난 일을 하기도 했다.

자신들은 몇 천억 달러를 투자해 개발한 것을 한국의 국방과학연구소(KDD)라는 곳에서는 푼돈에 가까운 돈으로 비슷한 성능의 아니, 어떤 것은 더욱 향상이 된 무기를 개발했다.

참으로 알 수 없는 민족이 아닐 수 없다.

다행이라면 이 나라 국회의원이나 국민들은 자신들의 군대가 얼마나 강한지 모른다는 것이다.

입으로는 애국을 외치지만, 정작 국민들에게 애국을 말하는 위정자들은 그 뜻을 이해하지 못하고 그저 자신들의 이득이 되는 것이 애국이라 호도하고 있는 모습을 지켜보는 것은 참으로 잘 만들어진 블랙코미디를 감상하는 것과 다름이 없었다.

어찌 되었던 그것이 자국 미국에 이득이 되기에 그런 자들을 뒤에서 조종을 하며 국정을 운영했다.

그런데 각계각층에 미국의 이득을 대변하던 이들 중 군대에 있던 이들이 점점 사라지고 있었다.

한국 군대에서 들어오던 정보들이 어느 순간 들어오지 않고 있다.

이 때문에 도대체 어떤 일이 벌어지고 있는지 알아내기 위해 다각도로 조사를 해 보지만 아직도 알아내지 못했다.

그러던 중 한국 군 상층부에서 뭔가 비밀 프로젝트가 진행되고 있다는 첩보를 듣게 되었다.

그것을 지금 분석 중인데 부하가 보고할 것이 있다고 하니 보고서를 확인하면서 듣기로 한 것이다.

"제로의 행방이 발견되었습니다."

"뭐?"

한참 보고서를 보고 있던 칼론의 고개가 돌려졌다.

뭔지 모르게 자꾸만 자신의 신경을 자극하는 제로라는 코드네임을 지명한 자의 행방에 관한 보고가 들리자 중요한 보고서에서 시선을 뗄 수밖에 없었다.

"지금 있는 곳이 어디야!"

상관의 물음에 톰은 얼른 대답을 했다.

"현재 그가 머물고 있는 곳은 뜻밖에도 도살자들의 본거지입니다."

톰은 제로라는 코드네임으로 불리는 성환의 위치를 알렸으나 칼론은 순간 톰의 말을 알아듣지 못해 소리쳤다.

"그게 무슨 소리야. 알아듣게 말을 해야지!"

상관의 호통에 톰은 차분하게 설명을 했다.

"왜, 그들 있잖습니까? 차이니스 마피아 중에서도 잔인한 골드 유니언."

"헉! 그게 정말인가? 어떻게 그럴 수 있지?"

칼론은 톰의 대답을 듣고 이해할 수 없다는 표정으로 되물었다.

어떻게 그럴 수 있는 이유를 그로서는 알 수가 없었기 때문.

분명 그들과 성환은 적이었다.

그 둘이 함께 있다는 것이 이해가 가지 않을뿐더러 둘이 그럴 것이라고는 상상도 못했다.

그런데 함께 있다고 한다.

정상적인 사고를 가진 칼론으로써는 그것을 어떻게 받아들여야 할 것인지 판단이 서지 않았다.

"그건 그렇고, 그가 왜 그곳에 있는 거지?"

자신이 이해할 수 없는 것은 제쳐 두고 성환이 그곳에 있는 이유를 물었다.

톰도 상관의 물음에 잠시 숨을 고르고 대답을 했다.

"자세한 내막은 알지 못하지만, 중국에서 전해 온 정보에 의하면 그가 도살자들의 본부에 들어가고 얼마 뒤 싸움이 있었다고 합니다."

"싸움?"

"아니, 싸움이라기보다는 일방적인 학살이라고 하는 것이 맞을 것입니다. 그리고 이것을 보십시오."

상관의 질문에 대답을 하면서 자신이 들고 있던 사진 몇 장을 그의 앞으로 내밀었다.

톰에게서 사진을 넘겨받은 칼론은 사진을 보다 표정이 굳고 말았다.

고성능 카메라로 먼 거리에서 찍은 사진인 듯 초점이 흐리기는 하지만 못 알아볼 정도는 아니었다.

"그 사진에 함께 있는 자들은 골드 유니언의 간부들입니다. 또 제로의 손에 제거되는 자들도 골드 유니언의 간부라고 합니다."

사진을 보고 있던 칼론은 다시 톰에게 시선을 돌리며 물었다.

"그건 또 무슨 말이야? 그럼 같은 편을 죽이는데 지켜만 보고 있었다는 말이야?"

"아닙니다. 제로에게 죽은 자들은 그들의 우두머리에게 반기를 들어 반란을 힐책한 자들로 알려졌습니다."

"그럼 뭐야! 제로하고 골드 유니온이 손을 잡았는데, 그에 불만을 가지고 있던 간부들이 반란을 일으키고…… 그게 제로의 손에 정리가 되었다는 것인가?"

"그렇습니다. 중국에서 넘어온 정보에 의하면 제로의 신분이 상당한 것으로 알려졌습니다."

칼론은 조금 전보다 더 황당하단 표정이 되었다.

그가 알기로는 중국과 한국은 그렇게 좋은 관계만은 아닌 것으로 알고 있다.

그런데 이게 무슨 말인가.

도저히 알 수가 없어 얼른 물었다.

"어떻게 된 것인지 자세히 말해 봐!"

"알겠습니다."

톰은 상관의 말에 자신이 들은 정보를 소상히 보고를 했다.

"일단 제로가 골드 유니언과 얽힌 일부터 보고를 하겠습니다. 제로는……."

성환이 금련방과 마찰을 빚었던 일과 그 뒤로 성환과 금련방의 관계에 대하여 자세히 보고를 하고, 또 그 과정에서 성환이 소림사와 모종의 관련이 있다는 보고를 하였다.

"제로는 소림사라는 곳과 무척이나 밀접한 관계를 맺고

있다고 합니다."

"소림사?"

"예, 소림사는 중국의 정신적 지주 격인 곳으로, 많은 전설을 가지고 있으며, 동양 무술의 메카라 불리고 있습니다. 또한……."

소림사에 관한 이야기를 들으면 들을수록 칼론의 표정을 점점 굳어지고 있었다.

자신도 언젠가 들은 기억이 있었다.

기억 저 깊은 곳에서 언젠가 소림이란 단어를 들었던 게 생각난 것이다.

바로 자신이 처음 CIA요원으로 발탁되었을 때 연수를 받는 과정에서 수많은 호신술을 배우는 도중 교관에게 들었던 단어였다.

세계에는 수많은 무술이 있고, 그중 최고라 불리는 무술들도 많았다.

고대로부터 내려오는 전통적인 것도 있으며, 현대에 들어와 개발된 무술도 있었다.

또 한국이나 이스라엘처럼 특수한 상황에 있는 나라들도 많았는데, 그런 나라들은 공통적으로 자국만의 특수부대들을 가지고 있다.

그들은 적진에 침투해 적진을 교란하고 또 적진을 파괴, 침투하기 위해 특별한 기술들을 연마한다.

그러한 특수부대원의 생존력을 기르기 위해 그들만의 특수한 무술들을 가르친다. 그 무술들은 살인을 목적으로 하는 군대의 특성대로 무척이나 살기가 강하고 살인에 특화되었다.

무술들은 최강국이라 하는 미국의 군대로 집결이 되어 있었다.

미국은 그러한 특수한 무술은 물론이고, 고대로부터 내려오는 각국의 무술들을 연구해 자국의 특수부대에 보급을 했다.

CIA요원들도 그렇게 모인 살인술들을 익혔고, 칼론도 마찬가지로 당시 요원 연수원에서 배웠다.

비록 지금은 나이로 인해 현장 요원들에 비해 떨어지나, 그래도 겉절이로 배운 무술가들 정도는 5분 내에 제압할 자신이 있었다.

아무튼 당시 무술 교관 중 한 명이 중국 소림사 출신의 무도가였다.

작은 체구에 흔히 볼 수 있는 동양인이었다.

하지만 그런 그를 어느 누구도 함부로 하지 못했다.

나무로 된 봉을 들고 있는 그는 일당백의 전사였으니까.

각종 무술을 배우고 무기술을 배운 다른 무술 교관들도 그의 곁에 다가가지 못했다.

그 무술 교관은 이렇게 말했었다.

"너희가 최고라 말하는 무술은 우리가 이미 5천 년 전에 완성한 것들이다."

당시 그 교관은 중국 무술의 우수성을 자랑하듯 그렇게 말을 했다.

오래 전 교관에게 들었던 말을 떠올리고 있을 때, 톰은 계속해서 보고를 했다.

"현재 중국 당국에서도 제로의 행보를 두고 어떻게 해야 할지 고심이라고 합니다. 그중에서도 현재 정권을 잡고 있는 파벌에서 제로의 존재를 알고 우려를 한다고 합니다."

갑작스런 톰의 말에 과거의 회상에서 깨어난 칼론이 물었다.

"그건 또 무슨 말이지?"

"지부장님께서도 중국 핵심 권력자들이 누구며, 또 그들의 뒤에 누가 있는지는 잘 알고 계실 것입니다."

"그래."

"예, 그중 현재 중국의 정권을 장악하고 있는 파벌은 패밀리 유니온(세가연합)이라 불리는 곳에서 밀고 있는 자들입니다."

"그렇지, 그들 중 상당수가 우리와 손을 잡고 있지 않나?"

"맞습니다. 그리고 방금 들어온 제로에 대한 정보도 그곳에서 보내온 것입니다. 다만 우리가 제로를 감시하고 있다는 것은 아직 모르는 듯합니다. 아무튼······."

톰은 아직 자신들과 손을 잡고 있는 끄나풀이 자신들의 추적, 감시하고 있는 성환이 얼마나 중요한 요인인지 모르는 것으로 파악이 된 것을 말했다.

"그들에게 제로에 관해 더 알아보라고 해!"

"알겠습니다."

"참! 그리고 혹시 이걸로 제로에게 올가미를 씌울 방법은 없겠나?"

"연구를 해 봐야 하겠지만, 그렇다고 뚜렷하게 방법이 나올 것 같지는 않습니다."

부하의 말을 듣고 칼론도 고개를 끄덕일 수밖에 없었다.

자신이 생각해도 자신의 말이 너무 말도 되지 않았기 때문이다.

외국에 자주 나간다고 어떻게 할 방법은 없었다.

"좀 더 연구해 봐! 그리고 제로에 대한 정보가 더 들어오면 지급으로 보고해!"

"알겠습니다."

칼론은 성환을 어떻게든 방해하기 위해 연구를 해 보라하고, 또 새로운 정보가 들어오면 보고를 하라는 지시를 내렸다.

사실 성환은 CIA에 피해를 준 적이 없었다.

오히려 자신도 모르는 상태에서 CIA의 의뢰를 받은 암살자에 의해 피습을 당했을 뿐이다.

그런데도 칼론은 아직도 자신들이 한국과 같은 작은 나라에서 벌인 일이 실패하게 된 것에 앙심을 품고 성환을 물고 늘어지고 있었다.

다만 그것이 성환이 하려는 일에 작은 걸림돌이 되고 있었다.

◈　　◈　　◈

"정말로 한국에 돌아가지 않겠다는 말인가?"

"아니, 아주 돌아가지 않겠다는 말은 아니에요."

"그럼?"

성환은 자신이 구해 준 여성들이 한국에 돌아가지 않겠다는 말을 하자 기가 막혔다.

대범파에 납치되어 중국에 팔려 온 여자들은 일부 사람들을 빼고 모두 돌아가겠다고 해서 불렀다.

그런데 지금에 와서 돌아가지 않겠다고 하자 이해가 가지 않았다.

그래서 몇 차례나 같은 질문을 해 보지만 결과적으로 여자들은 지금 당장은 한국에 돌아가지 않겠다는 답변이었다.

"그럼 어떻게 하겠다는 소린가?"

결국 성환이 포기를 하듯 물었다.

말을 우물가로 데려갈 수는 있지만 억지로 물을 먹일 수는 없는 일.

본인이 가지 않겠다는데, 굳이 자신이 억지로 보낼 필요가 없었다.

이들에게도 뭔가 사연이 있을 것이니 그 이유나 알아보기로 했다.

"가지 않으려는 이유가 뭔지?"

성환의 질문에 미연이 여자들의 대표가 되어 대답을 했다.

"여기 온 여자들은 모두 같지는 않겠지만 모두 비슷한 처지예요."

어느 세 감정을 추스른 미연은 차분하게 성환의 앞에서 자신들의 처지를 말했다.

"여기 있는 사람들 대부분은 이미 가족들과 연락을 끊은 상태죠. 아니, 모두라 하는 편이 좋을 거예요. 몇몇은 이곳에 팔려 온 뒤, 관광객을 통해 자신들이 여기 있다는 것을 가족에 알려 만나기도 했어요."

미연이 들려주는 이야기를 들은 성환은 깜짝 놀랐다.

이들이 납치되어 지금까지 가족들을 만나지 못해 자신이 구해 주면 모두 가족들의 품으로 돌아갈 것으로 생각을 했었다.

하지만 현실은 그렇지 않았다.

몇몇은 다른 사람들을 통해 이미 가족들과 연락을 했었다는 것이다.

그런데 연락을 받은 가족들은 처음에는 실종된 자신들의 생사를 확인하고 무척이나 기뻐했다는 것이다.

하지만 그것도 잠시 자신들이 납치되어 중국에 팔려 왔고, 자신들이 한국으로 돌아가기 위해선 이들이 사 온 값을 치러야 한다는 사실과 이들이 정상적인 상태가 아니란 것을 알게 된 뒤로 태도를 달리했다는 것이다.

특히나 결혼을 한 기혼자들은 더했다.

납치가 되어 갇혀 있을 때, 자신들이 윤간을 당했다는 이야기를 듣고, 또 중국으로 팔려 와 이들이 이미 많은 남성들과 관계를 가지게 되었다는 것을 알게 된 뒤로 연락을 끊었다는 것이다.

납치가 되어 불법으로 외국에 팔려 갔는데, 구해 줄 생각은 않고 어려움에 처한 자신의 부인을 외면했다는 이야기를 들었을 땐, 정말이지 참을 수 없는 분노를 느꼈다.

이는 인간이 할 수 없는 일이었다.

어떻게 그럴 수가 있단 말인가? 자신의 부인이 납치가 되고, 또 외국에 팔려 갔다. 그런데 배우자로서 구해 주진 못할망정 일방적으로 연락을 끊었다는 말에 성환으로써는 도저히 납득할 수가 없었다.

이는 인간 이하의 아니, 짐승만도 못한 짓이라 생각했다.

성환은 속으로 이들의 명단을 가지고 있으니, 한국에 돌아가게 된다면 이들의 가족들을 낱낱이 조사해 응분의 대가를 치르게 해 줄 생각을 가졌다.

가족이란 아무리 어려운 처지에 처할지라도 보듬고 감싸야 할 존재다.

그건 남녀를 불문하고 그래야만 한다고 생각했기에, 성환은 나락에 떨어진 여자들을 버린 가족들에게 그에 버금가는 벌을 주기로 작정을 했다.

비록 자신에게 그런 권한이 있는지는 알 수 없었다.

하지만 그의 양심이 그렇게 하라고 지시를 내리고 있었다.

"하면?"

"예, 이대로 한국에 간다고 해도 저희에게는 돌아갈 곳이 없습니다. 그렇다고 가진 것도 없어요."

가진 것도 없다는 말을 할 때의 미연의 표정은 가족들에게 버림받았다는 말을 했을 때보다 더 씁쓸한 표정이었다.

그런 미연의 표정을 보며 성환은 이들이 그저 돈이 없다는 것 때문에 이런 말을 하는 것이 아니라, 새롭게 시작을 하고 싶어도 아무런 기반이 없기에 희망이 없는 자신의 처지를 비관하는 것임을 깨달았다.

"은인께서 저희에게 자유를 주셨지만, 무일푼인 저희가 이대로 한국에 돌아간다고 해서 무슨 일을 하겠습니까? 이미 가족들도 저희를 버리고 없는 사람이라 생각하고 있는데⋯⋯."

그녀의 말이 끝나자 뒤에 있던 여자들에게서 다시 한 번

울음소리가 들려왔다.

조금 전에는 억압에서 풀려나 자유를 얻었다는 안도에서 그동안 고생을 한 것들이 밀려와 회한의 눈물을 흘렸다면, 지금은 자유를 얻었지만 가족들에게서 버려졌다는 기억이 다시 한번 떠올라 자신의 처지를 비관해 눈물을 흘리는 것이다.

여자들의 울음소리를 들은 성환은 이것을 어떻게 해야 할지 난감했다.

그런 성환을 구원하는 소리가 있었다.

그 사람은 바로 방금 전 자신의 처지를 이야기하던 미연이었다.

"이미 가족들에게 버림을 받은 저희가 한국에 돌아간다고 해도 할 것이 없지만, 이미 이곳에 어느 정도 기반을 잡은 상태이니 이곳에서 돈을 벌어 새로운 삶을 살기로 결정했습니다."

새로운 삶을 이곳에서 하겠다는 미연의 말에 성환은 눈을 크게 떴다.

솔직히 한국인의 정서를 가지고 있는 성환은 도저히 미연의 말을 이해할 수가 없었다.

하지만 어쩌면 미연의 선택이 옳은 것일지도 몰랐다.

이미 가족들에게 버림받아 연락이 끊겼다.

이들이 어떤 고초를 겪었는지 들은 그들은 창피해하였는지도 모른다.

그래서 쉬쉬 하며 함구하려 했을지도 모르지만, 이들의 숫자가 천여 명에 이르니 어쩌면 이들의 소식이 외부에 알려졌을 수도 있다.

또 관광객을 통해 이들의 소재가 알려졌다고 하니, 어쩌면 그들의 입을 통해 이들의 소식이 알려졌을 수도 있다.

강제에 의해 어쩔 수 없이 행한 일이 이들에게 주홍글씨마냥 따라다닐 것을 불을 보듯 빤했다.

성환도 생각해 보니 절대로 한국인들은 이들을 불쌍히 여기기보단 색안경을 끼고 손가락질을 할 것이 분명했다.

그에 비해 이곳 중국은 그런 시선을 받지 않을 것이 분명했다.

이런 생각을 하니 어쩌면 이것이 여자들의 최선의 선택일지도 몰랐다.

"그럼 계속해서 이 일을 하겠다는 말인가?"

성환은 혹시나 해서 다시 한 번 물었다.

그런 성환의 질문에 미연은 말을 반복하자, 그런 미연의 말에 동조를 하듯 뒤에 있던 여자들도 고개를 끄덕였다.

"잘 들었다. 너희의 선택이 그렇다면 존중해 주겠다."

여자들의 선택이 그렇다니 성환으로써는 더 이상 할 말이 없었다.

그저 자신이 해 줄 수 있는 최선의 방법으로 여자들을 도와줄 뿐이다.

성환은 여자들이 이런 선택을 하였다면 자신은 그녀들이 그동안 받았던 불평등한 대우를 개선해 주기로 했다.

이전에는 그저 노예처럼 팔려 와 강제로 일을 했다면, 이제부터는 자유인으로 계약을 통해 일에 대한 합당한 대우를 받고 일을 할 수 있는 기반만 만들어 주면 된다.

그러기 위해 금련방의 방주인 양창위를 만날 필요가 있었다.

아마 여자들이 돌아가지 않는다고 한다면 양창위도 좋아할 것이 분명했다.

어찌 되었던 그녀들이 지금 금련방에서 운영하고 있는 식당이나 주점들에서 가장 인기 있는 여자들이기 때문이다.

그동안 많은 돈을 벌어 왔는데, 성환으로 인해 한순간에 식당과 주점의 주 수입원이 사라질 뻔했다.

그런데 약간의 금전을 대가로 잃지 않아도 된다면 얼마나 다행한 일인가?

그것도 현재 성환으로 인해 방의 세력이 절단 난 상태에서 수익이라도 줄지 않아 다행인 것이다.

성환은 이 길로 양창위를 만나기 위해 자리를 벗어났다.

그런 성환의 뒤로 여자들은 흠모의 시선이 쏟아졌다.

나락에 빠진 자신들을 구해 준 성환의 뒷모습이야말로 이들에게는 지옥에 떨어진 불쌍한 중생들을 구원하는 지장보살(地藏菩薩)의 화신이요, 지옥에 빠진 어린 양을 구원하는 천사처럼 비쳤다.

그리고 여자들의 눈에는 양창위를 만나기 위해 걸어가는 성환의 뒷모습에서 성인(聖人)들의 벽화에서나 보았던 서광을 보았다.

◆　　◆　　◆

"준비하라는 것은 모두 준비되었나?"

성환은 금련방주인 양창위를 보자마자 그렇게 물었다.

한참 어수선한 방을 정비하던 양창위는 갑자기 들려온 성환의 목소리에 움찔 하며 놀랐다.

그도 그럴 것이 양창위는 가장 가까운 곳에서 자신에게 반기를 들던 장로들이 성환의 손에 죽어 가는 것을 목격했다.

당시 성환은 본보기라도 보이려는 듯 무척이나 과격하게 손을 썼다.

성환의 능력이라면 사실 죽은 이들의 몸에 아무런 흔적도 남기지 않고 처리할 수도 있었다.

하지만 성환은 그렇게 하지 않았다.

사람은 자신의 눈으로 본 것만 믿으려는 속성이 있다.

만약 성환이 잔인한 손속이 아닌 자신의 능력대로 죽은 자들의 몸에 아무런 흔적도 남기지 않고 처리를 했더라면 처음에는 성환의 능력에 놀라워하고 두려워했겠지만 그것뿐.

잠시의 놀라움은 있어도 시간이 지나면 사람은 망각을 하게 된다.

그건 뇌리에 각인이 되지 않기 때문이다.

이러한 것을 잘 알고 있는 성환은 육군사관학교에서 배웠던 교리대로 금련방의 제자들에게 충격과 공포를 심어 주기 위해 잔인하게 처리했다.

성환의 손에 걸린 자들은 사지가 찢어지고, 두개골 파열하는 등, 도저히 인간의 손으로 할 수 있다고 보기 힘들 정도로 엉망이 되는 시체들을 보면서 자신도 저렇게 될 수 있다는 경각심을 가지게 되었다.

그리고 그렇게 함으로써 성환은 보다 편하게 일을 처리할 수 있었다.

만약 그렇지 않고 협상안대로 일을 처리하려고 했다면 강당에 모였던 여자들이 그렇게 빠른 시간에 모일 수는 없었을 것이다.

아무튼 성환이 반란을 일으킨 금련방 장로들을 잔인하게 처리한 때문에 지금도 성환이 방 내부를 돌아다닐 때면 일반 제자들은 아무렇지 않으나, 당시 성환의 모습을 지켜본 간부들은 그렇지 못했다.

도살장에 끌려가는 황소마냥 두려운 눈으로 성환을 쳐다보았고, 어떻게든 그의 눈 밖에 나지 않기 위해 조심을 했다.

"예, 좀 빠듯하긴 했지만 준비 완료했습니다."

양창위는 조심스럽게 대답을 했다.

"그래, 그럼 그들이 모인 곳으로 가지."

"예."

성환은 앞서 가며 양창위에게 말을 했다.

그런 성환의 모습에 양창위는 하던 일을 멈추고 성환의 옆을 따랐다.

이곳이 비록 자신이 방주로 있는 자신의 집이지만 현재 이곳에서 절대 권력을 가진 사람은 그가 아닌 성환이었다.

이미 이곳에 있는 많은 사람들의 뇌리에 성환은 공포의

대상, 대적불가의 존재로 인식이 되어 있었다.

한편 철사대가 준비된 곳으로 걸어가던 성환은 아까 여자들과 하던 이야기를 꺼냈다.

"참, 그녀들이 판단을 번복했다."

"그게 무슨 소립니까?"

"너희도 짐작하겠지만, 그녀들은 너희들로 인해 가족들에게도 버림받아 갈 곳을 잃었다."

"음."

양창위는 성환의 이야기를 듣다 침음을 흘렸다.

그도 그럴 것이 지금 성환이 말하는 의중을 파악할 수가 없어 그런 것이다.

"그래서 그녀들은 자신들이 자유를 얻었지만 갈 곳이 없고, 수중에 가진 것이 없기에 현재 그녀들은 고립무원(孤立無援)에 사고무친(四顧無親)의 형편이다."

현재 여자들의 처지를 알린 성환은 계속해서 자신의 생각을 말했다.

"때문에 그녀들은 어쩔 수 없이 돌아가지 않고 이곳에 남기로 했다. 이미 가족들에게조차 버림받은 그녀들이 갈 곳은 어디에도 없다는 판단에 이곳에 남기로 결정을 했다고 한다. 하지만 난 그녀들이 어떻게든 이런 생활을 벗어났으면 하는 바람이다."

성환은 이야기를 들은 양창위는 그녀들이 한국으로 돌아가지 않고 이곳에 남는다는 이야기를 듣자 절로 미소가 걸렸다.

비록 그녀들의 처지가 안 되기는 했지만 자신에게는 참으로 기쁜 소식이었다.

"제가 어떻게 하면 되겠습니까?"

양창위는 성환의 말에 단도직입적으로 물었다.

괜히 돌려 말했다가 성환의 심기를 어지럽혀 분노를 살수도 있기 때문이다.

그런 양창위의 질문에 성환은 자신의 생각을 다시 말했다.

"누가 보더라도 정상적인 계약을 통해 그녀들을 고용하기 바란다. 나중에 내가 형편이 나아지면 그녀들을 다시 데려갈 것이지만, 그전까지는 네가 그녀들을 돌봐 주기 바란다. 그렇게만 해 준다면 그만한 보답을 할 것이다."

성환은 양창위에게 그녀들의 보호자가 되라는 말을 한 것이다.

그리고 자신의 부탁을 들어준다면 그에 따른 보답을 하겠다고 말했다.

그 말을 들은 양창위의 머릿속은 그 어느 때보다 빠르게 돌아가기 시작했다.

"그리고 그 첫 번째로 부족한 무력을 보충해 줄 것이다."

성환은 빠르게 말을 하고 철사대가 머물고 있다는 별관으로 들어갔다.

그런 성환의 모습을 보며 눈을 반짝였다.

현재 금련방은 예전의 절반 수준으로 무력이 줄어들었다.

그런데 그런 무력을 보충해 주겠다는 말을 들었다.

방법은 모르겠으나, 뭔가 수가 있으니 그런 말을 했을 것이란 생각에 양창위는 기회일지도 모른다는 생각을 들었다.

그동안 자신의 자리를 호시탐탐 넘보던 장로들도 일소되었으니 오히려 이번 일이 자신이 날개를 펴는 기회로 작용할 것이란 판단이 섰다.

"알겠습니다. 오실 때까지 제가 잘 돌보고 있겠습니다."

양창위는 그렇게 대답을 하고 성환의 뒤를 따랐다.

성환이 들어간 별관 위로 저무는 석양이 비추고 있는 것이 양창위의 눈에는 앞으로 발전할 금련방의 미래를 축복하는 서광으로 비쳤다.

3.
감시자

"여기까지."

성환은 시술을 하던 것을 멈추고 오늘은 여기까지 한다고 선언을 했다.

그런 성환의 말에 그를 보좌하던 양명은 얼른 그의 곁으로 다가와 성환이 시술하던 침통을 받아 들었다.

"고생하셨습니다, 사조님!"

양명이 나서서 뒷수습을 하자, 그제야 방 안에 대기를 하던 여자들이 다가와 성환의 시술을 받은 환자들을 돌보기 시작했다.

성환은 납치되어 중국에 팔려 온 여자들의 일이 마무리되자, 약속대로 한국에 들어왔다가 자신의 손에 폐인이 된 철 사대 대원들을 치료해 주고 있었다.

하루라도 빨리 예전의 무력을 되찾아야 하기에 금련방 방 주인 양창위는 성환이 요구하는 것은 따지지 않고 모두 수 용을 했다.

오늘로써 4/5정도 치료가 완료되었다.

내일이면 남은 인원까지 치료가 끝날 것이고, 그 뒤로는 얼마나 재활을 하느냐에 따라 복귀 시기가 결정될 것이다.

"사조님, 그런데 언제나 돼야 이 일이 마무리될 것 같습 니까?"

성환의 뒤를 따르던 양명은 문득 궁금증이 생겨 그렇게 물었다.

사실 양명이 이곳에 온 것은 집을 방문하기 위해 온 것이 아니라, 전적으로 사조인 성환을 안내하기 위한 역할로 온 것이다.

비록 금련방이 자신의 집이라고 하지만 현재 양명은 소림 내원의 제자로 수련해야 할 것이 무척이나 많아 자신의 집 에 올 처지가 아니었다.

다른 내원의 제자들도 마찬가지지만 소림의 규칙상 내원 의 제자가 된 제자들은 일정기간 외부와 단절된 생활을 해야만 한다.

세월이 흐르고 소림사도 예전보다는 많이 바뀌었지만, 이것만은 변하지 않고 내려왔다.

원래라면 소림 내원의 제자가 되면 출가하여 승려가 되어야 하지만, 공산주의 국가에서는 종교를 인정하지 않는다.

많은 수의 국민이 종교를 믿고 있어 탄압을 하진 않는다 하나, 어찌 되었든 종교는 인민의 화합을 해친다는 주장을 하며 공식적인 인정은 하지 않았다.

그러면서도 많은 관광객들을 유치하기 위해 소림사를 비롯해 도교 계열의 무관인 무당파(武黨派) 등을 지원하고 있었다.

구습을 타파한다는 명목으로 문화혁명 당시 많은 박해가 있었지만 세월이 흐르고 중화의 정신을 찾는다는 명목으로 다시 한 번 재조명을 받게 되었다.

그 이면에는 많은 조직들이 자신들의 뿌리를 찾기 위해 물심양면으로 노력을 했다.

아무튼 소림도 순탄한 길만 걸어온 것은 아니었다.

과도기에 많은 군벌들의 목표가 되기도 했으니 말이다.

그렇게 시대의 부침을 받으며 소림도 과거의 전통만 고집하지 않고 유연한 사고를 가지게 되었다.

다만 내원과 외원의 제자를 구분해 외원은 일반 흔한 무관처럼 일정한 돈을 받고 무술을 가르쳐 주고, 그중 특별한 능력을 인정받은 제자들에 한해 내원의 제자로 받아들였다.

그 내원의 제자들은 소림에 적을 올리고 소림의 제자로서 갖춰야 할 기본 소양을 일정기간 따로 배웠다.

그렇게 함으로써 그들은 소림이란 이름을 자랑스럽게 여기고, 보다 강력한 유대감을 가지게 되었다.

양명도 이러한 과정에 들어야 했지만, 그에 우선해 소림사 최고 어른으로 받들게 된 성환의 수발을 드는 것이 더욱 중요하다 여겨져 성환이 금련방을 방문하는 것을 돕기 위해 도우미로 파견되었다.

그렇다고 해도 성환의 수발을 들면서 한국에서 철사대가 성환의 손에 폐인이 되는 것을 지켜봤는데, 다시 성환이 치료를 하자 궁금해진 것이다.

지금까지 알려진 상식으로는 폐인이 되면 그것으로 끝이라 알려졌다.

어떤 일로 단전이 파괴된 사람 즉, 주화입마(走火入魔)한 사람은 반신불구로 죽는 날까지 그렇게 살아가야만 했다.

비록 성환에 의해 폐인이 된 철사대는 그런 상태는 아니지만 그와 비슷한 상황이었다.

겉으로 보기에는 멀쩡해 보였지만 제대로 된 힘을 사용할 수가 없었다.

그렇기에 이렇게 치료를 할 수 있다는 것도 놀라운 일인데, 정상으로 되는 것도 아니고, 예전의 무력을 그대로 복원한다니 믿기지 않았다.

그렇기에 자신과 까마득한 배분을 가진 성환에게 이렇게 무례한 질문을 하는 것이다.

하지만 성환은 그런 것을 무시하고 빙그레 미소를 지으며 질문에 대답을 해 주었다.

"내가 지시한 대로만 따른다면 한 달 후면 예전 기량을 되찾을 수 있을 것이다."

성환의 한 달 후면 예전으로 돌아갈 수 있다는 말에 양명은 너무 놀라 입을 다물 수가 없었다.

그런데 그런 양명을 뒤로하고 성환은 작게 중얼거렸다.

"후후, 경호원들에게 처방한 약을 먹으면 이전보다 더 뛰어난 공력을 얻을 수 있다고 하면 놀라 기절하겠군."

비록 혼자 중얼거린 소리였지만 소림에서도 자질이 뛰어나 배분을 뛰어넘어 내원 제자가 된 양명인지라 성환의 중얼거림을 들었다.

'설마!'

양명은 성환의 중얼거림을 듣고 속으로 생각했다.

그의 출신 때문에 어려서부터 가문에 내려오는 무술을 수련했다.

어느 정도 성장해서는 소림사가 운영하는 학교에 들어가 외원제자로 소림의 기본 무술을 수련했고, 또 자질이 우수하다고 내원의 제자가 되면서 기본공뿐만 아니라 내원제자가 익혀야 할 나한공도 함께 배웠다.

그런 양명이다 보니 많은 것을 보고 듣게 되었다.

그리고 소림에 내려오는 아니, 소림뿐 아니라 중국의 전통 무파들 내에 전해지는 전설적인 영약에 관해서도 알게 되었다.

만은 소설이나 영화의 소재로도 쓰였던 것들이기에 양명이 모를 수도 없었다.

그런데 방금 전 사조인 성환이 약을 언급하고 또 그 약을 먹으면 공력이 늘어난다는 말까지 하였다.

양명처럼 무공에 빠진 이들이라면 공력이 늘어난다는 것은 누구나 원하는 것이다.

지금까지는 그런 영약들이 단절되어 내려오지 않았다.

그런데 지금 성환이 그와 비슷한 것을 언급했으니 양명으로써는 가슴이 두근거렸다.

혹시라도 그것을 자신도 얻어먹을 수 있었으면 하는 소망까지 일었다.

"저, 사조님······."

한참 걸어가고 있는데, 다시 한 번 들려온 양명의 부름에 성환은 걷던 걸음을 멈추고 뒤를 돌아보았다.

"그래, 무슨 일이지?"

성환의 물음에 양명은 잠시 망설이다 질문을 했다.

"저, 방금 사조님께서 하시는 말씀을 들었습니다."

"그래, 무슨 말을 들었다는 것이지?"

"그게, 공력을 늘려 주는 약이 있으시다고······."

"호!"

성환은 양명이 하는 이야기를 듣고 감탄을 했다.

설마 자신이 낮게 중얼거린 소리를 양명이 들었을 것이라고는 생각지 못했기 때문이다.

'생각보다 뛰어난 능력을 가지고 있군.'

자신의 생각보다 양명이 더 뛰어난 재능을 가지고 있다는 것을 이제야 알게 되었다.

그렇지만 별 상관이 없었다.

양명 정도의 자질을 가진 사람은 사실 찾아보면 많았다.

자신이 거느린 KSS경호 안에 만도 상당했다.

특히 특임대 교관으로 임명된 과장급 이상의 간부들은 솔직히 자질만 따지고 보면 자신보다 더 뛰어났다.

다만 자신과 차이가 나는 것은 기연을 받아들였는가, 그렇지 않은가, 뿐이다.

육군, 해군, 공군에서 최고의 인재들만 모아서 만든 S1이었다.

그런 이들이 고대의 비법을 전수받은 자신이 양성했으니 어떻겠는가.

모르긴 해도 자신을 제외한 세상 그 누구라도 일대일로는 그들을 막을 수 없을 것이다.

이런 생각을 하다 앞에서 양명이 눈을 반짝이며 자신을 주시하는 것을 본 성환은 그의 질문에 간단하게 대답을 했다.

"그래, 그런 것이 있다."

성환의 대답을 들은 양명은 혹시나 싶어 다시 질문을 했다.

"혹시 그것이 전설로 전해지는 대환단과 같은 것입니까?"

양명은 그것이 소림에서 전설처럼 내려오는 기사회생의

명약인 대환단이 아니냐고 묻고 싶었지만 차마 그러지 못했다.

혹시나 사조인 성환이 자신의 물음에 오해를 하고 화를 낼까 두렵기 때문이었다.

그런 양명의 생각을 읽고는 다시 한 번 미소를 지으며 말을 했다.

"그건 아니다. 방장님께 말을 했지만 난 소림의 무공 몇 가지를 익혔을 뿐이다. 네가 대환단으로 생각하는 그것은 대환단과 아무런 연관이 없는 내 나라의 고대 선인이 남긴 비법으로 만든 것이다."

성환은 혹시나 양명이 오해하는 것을 교정해 주며, 자신이 만든 것은 소림사의 비전이 아닌 한민족 전례로 내려오는 비전으로 만들어진 것이라 알려 주었다.

그러면서 참고하라는 듯 양창위에서 부탁한 약초들이 자신이 만드는 약의 원료라는 것도 들려주었다.

"내가 양방주에게 부탁한 약초들이 바로 그 약에 들어가는 핵심 원료다. 만약 소림 비전이라면 그 재료는 백두산에서 나는 것들이 아닌 중국 대륙에서 나는 것이 주를 이루겠지."

신토불이라는 말이 있다.

직역을 하면 몸과 땅이 다르지 않다는 말인데, 그 뜻은 몸과 태어난 땅은 하나라는 뜻으로, 제 땅에서 산출된 것이 체질에 잘 맞는다는 말이다.

중국에 자리 잡은 소림사의 비전이라면 중국 땅에서 난 산물로 약재를 지어야 제대로 된 약효를 본다는 말이다.

한국인인 성환은 자신이 만든 것들은 한국인의 체질에 맞은 비전으로 만들어진 것이란 말을 한 것이다.

물론 그렇다고 해서 한국인 체질에 맞게 만든 약이라고 해서 중국인이 먹는다고 약효가 없는 것은 아닐 터.

성환의 이야기를 들은 양명은 조금 전 보다 더 조심스럽게 물었다.

"혹시…… 그럼 저도 그것을 얻을 수 없을까요?"

양명은 말을 하면서도 양 볼이 발갛게 달아올랐다.

자신이 생각해도 자신의 말이 너무도 부끄럽고 터무니없었기 때문이다.

하지만 양명의 말을 들은 성환은 그가 순수하게 자신의 욕심을 표하는 것에 웃음이 났다.

"하하하하!"

성환의 웃음소리에 고개를 든 양명은 성환의 모습을 잠시 지켜보기만 하였다.

그러다 다른 언급이 없자 약을 얻는 것을 포기했다.

'하긴, 그런 것을 쉽게 건넬 수 있는 것도 아니지. 내가 왜 그랬을까…… 만약 장문인께서 이 일을 알게 된다면 크게 경을 칠 일인데…….'

양명은 뒤늦게 자신의 말에 후회를 하였다.

정말로 조금 전에야 욕심에 눈이 멀어 그런 말을 했지만, 뒤늦게 자신이 벌인 일이 어떤 것인지 깨닫고 걱정이 되었다.

한편 조금 전까지만 해도 흥분해 뭔가 갈망하는 표정으로 상기되었던 양명이 지금은 낙담을 하며 창백해지는 표정을 짓자, 성환은 보며 웃음만 났다.

'참으로 순순한 사람이군.'

성환은 수시로 변하는 양명의 표정을 보며 그가 무척이나 순수한 사람이란 것을 깨달았다.

그런 생각이 들자 괜히 뭔가 해 주고 싶다는 생각이 들었다.

"그게 그렇게 가지고 싶은가?"

"네?"

방장인 료료대사에게 말이 들어갈 것을 걱정하고 있던 양명의 귀에 성환의 말이 들려오자 양명은 깜짝 놀라 물음에

답을 하지 못하고 눈을 깜박였다.

그런 양명의 모습에 미소를 짓고 다시 물었다.

"못 들었나 보군. 내 다시 묻지, 내가 만든 약을 가지고 싶은가 물었어."

성환이 한 질문을 그제야 알아들은 양명은 눈이 더 이상 커지지 못할 정도로 확대되었다.

"그, 그 말씀이 정말이십니까? 정말로 그런 영약을 제게 주실 수 있으십니까?"

너무 놀라며 새된 목소리로 질문을 하는 양명의 모습에 성환은 절로 기분이 좋아졌다.

저렇게 순수하게 기쁨을 내보이는 양명의 모습에서 예전 자신에게 아양을 떨던 조카 수진의 모습이 떠올랐다.

'그러고 보니, 수진이 졸업을 할 때도 다 되었군.'

수진의 생각이 나자, 성환은 자신도 모르게 미소를 지으며 그녀의 졸업이 얼마 남지 않았다는 것이 생각났다.

순수하게 힘을 원하는 양명의 모습에서 성환은 조카의 모습을 떠올리자 그의 부탁을 들어주기로 했다.

물론 그렇다고 양명만을 위해 그런 결정을 한 것은 아니었다.

양명으로 인해 언젠가는 자신이 만드는 약이 세상에 알려질 것이 분명하리라.

그것이 자신에게 어떻게 작용할지는 모르지만, 일단 자신의 편으로 분류된 소림을 좀 더 자신과 연관을 깊게 하기 위해 자신이 적극적으로 나서서 관계를 맺을 필요가 있을 것이다.

그리고 양명에게 도움을 주면서 함께 어떻게 보면 자신의 국외 제자나 마찬가지인 일대제자들에게도 약을 주기로 결정했다.

몇 달 전 제남군구 사령관을 만나면서 중국의 권력 구도에 관해 이야기를 나눌 기회가 있었다.

그때 중국은 보이는 권력과 보이지 않는 권력이 존재한다고 들었다.

그리고 보이는 권력보다 보이지 않는 권력, 즉, 권력자들의 뒤를 봐 주는 각 집단들의 무한 경쟁에 관해 듣게 됐다.

고대로부터 내려온 투쟁도 그랬지만 현대의 경쟁은 보다 더 치열했다.

예전에는 그저 무력이 높거나 세력만 크거나 상대하기 힘든 적은 비슷한 성향끼리 연합을 맺어 대항을 했다.

아직도 그 잔재가 남아 있기는 하지만 그것도 옛말이 되었다.

예전 정파라 표명하던 문파들도 지금은 돈을 위해선 어떤 짓도 서슴지 않았다.

자신들의 이익에 반하는 세력은 예전 함께하던 사람들이라고 해도 납치는 물론이고 피습 또는 살인도 마다하지 않았다.

물론 소림 출신들도 비슷한 행보를 하고 있다는 것이다.

이미 현대는 무한 경쟁 사회.

공산주의, 사회주의를 표명하는 중국에서도 돈의 위력은 똑같이 적용이 되었다.

아무리 고고한 소림이라고 해도 그들과 같아지지 않는다면 도태될 뿐이다.

그렇기에 소림도 일반 무관처럼 학원을 세우고 관광객을 유치했다.

뿐만 아니라 일부 우수한 제자들은 내원 제자로 받아들여 그들을 양성해 사회 각층에 배출했다.

또 그에 그치지 않고 다른 세력들이 그랬던 것처럼 관(官)은 물론이고 군(軍)에도 많은 제자들을 보냈다.

이렇게 소림은 기존의 이미지를 벗어나 많은 영향력을 떨치게 되었다.

소림이 이렇게 변한 이유에는 문화 혁명 당시 받았던 박해 때문이었다.

한때 소림은 멸문에 가까운 피해를 입어 숭산 본거지를 떠나야 했을 때가 있었다.

나중에 알고 보니 한때 자신들과 친하게 지내던 세력에서 당시 군벌에 손을 써서 그렇게 된 것이라 했다.

예전부터 소림에는 많은 사람들이 시주를 해 축적된 부가 꽤 되었다.

다만 승려들이다 보니 재물을 자신들을 위해 쓰지 않기 때문에 소림승의 생활은 예전이나 그때나 똑같았다.

소림을 시기하던 자들은 이러한 점을 들어 당시 돈이 필요했던 군벌에 소림에 재물이 많다는 제보를 한 것이다.

이런 사실이 뒤늦게 전해져 당시 소림의 제자들은 울며 숭산을 떠났다.

그리고 나중에 힘을 회복하고 숭산 소림사를 되찾았다.

하지만 소림도 예전의 소림이 아니었다.

세상을 떠돌며 청빈했던 제자들의 가슴속에는 한이 들어찼다.

소림이 봉문을 하고 세상의 인심은 예전만 못했다.

그러했기에 소림의 승려들이 고향으로 돌아온 뒤로 다시는 그런 경험을 하지 않기 위해 세력을 키우기 위해 노력했다.

소림만 그런 것이 아니었다.

소림을 기만했던 이들도 예전 그랬던 것처럼 혼자서 소림의 성장을 감당하기 힘들어지자 그들은 다시 손을 잡고 소림을 견제하기 시작했다.

그것이 바로 지금의 세가연합이었다.

이런 이야기를 들은 성환은 중국이 겉으로는 통일된 목소리를 내는 듯 보여도 안으로 많이 곪아 있다는 것을 알게되었다.

지금은 형세가 소림 파벌이 조금 밀리는 형상이라 했다.

그렇기에 그것을 만회하기 위해 장로들 중 일부는 소림의 전설을 복원하겠다는 꿈을 꾸며 전국을 돌아다니고, 경전을 연구했다.

성환을 떠받드는 것도 다 그런 경우에서 벌어진 일이란 것이다.

그런 이야기를 듣게 되자 방장인 료료대사를 비롯한 소림의 장로들이 자신을 사조로 떠받드는 이유를 깨닫게 되고 그제야 그들에게 미안한 마음이 사라졌다.

그 이유에서라면 그들이 원하는 것을 적당히 들어주며 자신도 필요한 것을 그들에게 요구하면 된다고 생각하자 편해졌다.

지금 특임대에 들어갈 약의 일부를 그들에게 주려고 하는 것도 그 이유에서다.

적당히 빚을 주게 되면 나중에 그만한 도움을 받을 수도 있기 때문이다.

짧은 순간 이런 것까지 계산을 한 성환은 확실히 자신은 순수하지 않다는 것을 다시 한 번 깨달았다.

"진룡을 비롯한 일대 제자들의 것까지 줄 테니 잘 전해 주기 바란다."

성환은 머릿속으로 생각을 정리하고 그렇게 전했다.

"사조님! 감사합니다, 감사합니다."

한편 양명은 자신뿐 아니라 영약을 사형들의 몫까지 만들어 주겠다는 말에 감격하면 그 자리에서 무릎을 꿇고 고개를 숙였다.

무척이나 과한 예였지만 현재 양명의 심정은 그보다 더한 것이라도 할 기세였기에 성환은 그저 양명의 행동을 지켜만 보았다.

성환이 그런 자신을 지나쳐 자신의 숙소로 들어갈 때까지 양명의 그런 행동은 멈추지 않았다.

◆　　◆　　◆

중국 권력의 핵심 인사인 상무위원들이 한 자리에 모여 무언가 심각한 대화를 나누고 있었다.

중국 공산당의 9명의 상무위원 중 전용강을 따르는 파벌만 빼고 그와 대립을 하는 황보광과 그를 지지하는 위원 그리고 중립을 표명하는 상무위원들이 한 자리에 모였다.

이들이 모인 이유는 갑자기 부상한 소림패왕이란 자 때문이었다.

단 한차례 모습을 보였지만 그의 앞으로의 행보가 자신들의 미래에 많은 영향을 미치리란 것을 본능적으로 깨닫고 이렇게 뭉친 것이다.

공산당 상무위원이라면 국가 최고 권력자들을 이른다.

하지만 그 권력이 모두 같은 것은 아니다.

어느 나라나 권력자들의 최고 목표는 최고 지도자가 되는 것이다.

대통령제 국가는 대통령이 목표고, 중국이나 북한처럼 주석제 국가는 주석이 되는 것이 목표인 것이다.

어차피 명칭만 다를 뿐 최고 권력자라는 것은 같은 것이니 이들 상무위원들도 최종적으로 꿈꾸는 것은 바로 당 총서기이자 군사위 주석이다.

현재 이 모임을 주도하고 있는 황보광은 갑자기 등장한 소림패왕 때문에 자신의 정적의 영향력이 더 커지는 것은 아닌지 걱정이 되었다.

　그래서 이렇게 자신을 따르는 파벌과 중립 파벌들 위원을 불러 그 대책을 세우기 위한 모임을 가지는 중이다.

　"제가 여러 위원들을 이 자리에 부른 이유는 다름이 아니라 소림패왕이라 불리는 자의 위험성 때문이오."

　황보광은 이 자리를 마련한 당위성을 모인 위원들에게 설명을 했다.

　"회의 때 전용강 위원은 그자가 소림의 일원이니 국가에 도움이 된다고 했지만, 난 그렇게 생각지 않소."

　자신의 생각을 다른 위원들에게 설명을 하는데, 그의 말을 들은 위원들의 표정이 심각하게 굳었다.

　그건 소림패왕이란 명호로 불리는 성환의 국적을 그 예로 들었기 때문이다.

　"그의 국적은 한국이오. 지금이야 우리와 수교를 맺고 있지만, 그동안 국경 문제로 많은 마찰을 빚고 있소. 그런데 만약 우리와 한국이 또다시 그 문제로 마찰을 벌인다면 그가 우리의 손을 들어 줄 것이라 보시오?"

　"헉!"

"그런!"

황보광의 말대로 소림패왕이란 자는 한국인이었다.

비록 전용강의 뒤를 봐 주는 소림과 연관이 깊다고 하지만 알아본 바에는 그자는 얼마 전까지만 해도 한국 군대에 장교로 있던 자였다.

더욱이 오래 전부터 그자는 자신의 무술을 한국의 특수부대에 가르치고 있었다.

물론 자신들도 군에 무술을 보급하고 있지만 이번 공안이 찍어 온 영상 속의 능력을 1/10정도만 배웠다고 해도 그 어느 군대도 상대가 되지 않을 것이다.

아무리 훈련된 16공강집단군이라 해도 개개의 실력은 그들에게 밀릴 것이 분명했다.

다행이라면 한국군의 규모를 봐서 그런 특수부대는 자신들만큼이나 많은 인원을 가지고 있지 않을 것이니 그나마 안심이 되었다.

여하튼 이런 것을 생각하면 그 한 사람 때문에 대국 중국이 손해를 봐야만 했다.

이런 문제를 들어 황보광은 성환에 대한 견제할 방법을 마련해야 한다는 사실을 역설했다.

그런 황보광의 주장에 자리에 있던 상무위원들도 공감을

하는 듯 보였다.

사실 이들도 공안이 찍어 온 영상을 보며 공포를 느꼈다.

사람이 찢기는 모습은 정말이지 공포 그 자체였다.

소림패왕이 자신들의 상식선에서 총포를 이용해 그들을 죽였다면 이렇게까지 두렵지 않았을 것이다.

하지만 성환은 그렇지 않았고, 상식을 벗어나 있는 존재로 이들의 눈에 비쳤다.

그래서 성환을 옹호하는 전용강과 그의 파벌을 뺀 상무위원들이 이렇게 자리를 하며 대책을 의논하는 중이다.

"하지만 현 실정으로는 그를 막을 방도가 없지 않소?"

황보광의 말에 그의 옆자리에 있는 중도파 위원인 사마천이 대답을 했다.

그의 말에 자리에 있는 많은 사람들도 같은 생각인지 심각한 표정으로 고개를 끄덕였다.

왜 아니 그러겠는가? 이 자리에 있는 모두 소림패왕이란 자의 영상을 보았다.

상상을 초월하는 괴물이 그 안에 있었다.

영상을 접한 위원들은 자신이 속한 계파에 영상을 보내 분석을 하게 하였다.

앞으로 어떻게 할 것인지 자신들이 나아갈 방향을 잡기

위해서다.

위로 오르는 것도 좋지만 괜히 감당 못할 괴물과 척을 저 좋을 것이 없기 때문이다.

솔직히 상무위원의 자리에 있고 또 자신이 속한 조직의 장로의 위치에 있긴 하지만, 솔직히 자신들은 정치력은 있어도 무력은 형편이 없었다.

뭐 그동안 자신에게 무력이 꼭 필요하다고 느낀 적도 없기는 했지만 말이다.

무력이 필요할 때면 장로란 신분을 이용해 무력을 가진 자들을 부리면 해결이 되었다.

이전까지만 해도 정말로 칼보단 펜이 무섭다는 말을 신봉했던 상무위원들은 무력도 한계를 넘으면 그 어느 것보다 강력하다는 것을 영상을 보고서야 깨닫게 되었다.

막말로 영상이 조작이 아니라고 했으니 만약 그자가 이곳에서 자신의 행보를 막으려는 모의를 하고 있다는 것을 알게 된다면 어떤 행동을 할지 두려웠다.

하지만 이곳에 모인 사람들은 그런 두려움을 그냥 불가항력이라고 받아들이기에는 너무도 가진 것이 많은 사람들이었다.

그렇기에 소림패왕이란 듣도 보도 못한 초인이 등장하자

이것을 두려워하면서도 그를 막기 위해 대책을 마련하려는 것이다.

그를 그냥 둔다면 앞으로 소림 파벌의 전진을 막을 수가 없었다.

이는 소림 파벌의 선두에 선 전용강과 척을 지고 있는 황보광이나 중립 파벌을 형성하고 있는 사마천의 계파도 세력이 많이 위축이 될 것은 불을 보듯 빤했다.

"그래서 말인데, 앞으로 그냥 둔다면 전용강 위원의 행보를 막을 수가 없을 것이오. 이대로 있다가는 우리의 자리는 모두 소림파와 그를 따르는 자들로 메워질 것이오."

황보광의 말에 다시 한 번 분위기가 숙연해졌다.

모두 그리 생각하고 있지만 자신의 입으로 말하기 두려워 모두 말을 하지 않고 있었는데, 황보광의 말로 인해 재인식하게 되었다.

"그러니 어떻게 하든 살아남기 위해선 그자를 대비해야만 하오. 아까도 말했다시피 그자는 외국인이란 사실이오."

거듭되는 성환의 신분이 중국인이 아닌 한국인이란 것을 상무위원에게 말하며 자신의 뜻에 동조할 것을 촉구했다.

"맞아! 그자는 외국인이야! 소림과 어떤 관계에 있든 그자는 외국인이란 것을 잊어선 아니 될 말이오."

뭔가 실마리를 잡은 듯 사마천은 그렇게 외쳤다.

"그를 밀착 감시를 하다 인민에 해가 되는 일이 벌어진다면 전격적으로 그를 구속하는 것이오."

급기야 그는 성환을 감시하다 성환이 불법적인 일을 저지른다면 그를 체포를 해 추방하자는 안건을 냈다.

"그게 가능할 것 같소?"

"물론 그자가 어떻게 나올지는 미지수요. 하지만 그도 소림과 연관이 있으니 그들의 입장을 생각한다면 분명 받아들일 수밖에 없을 것이 분명하오."

조금은 확신이 서지 않는 대답이긴 하지만 어떻게 생각을 하면 그럴 수도 있었다.

현재 이들도 성환이 두려워 함부로 하지 못하는 것도 있지만 그의 뒤에 소림사와 그들이 배출한 걸출한 인물들이 중국 정계는 물론이고, 사회 곳곳에 퍼져 있어 더욱 함부로 못하는 것이다.

지금 이들이 성환에 대한 대책 회의를 진행하고 있지만 이들이 하는 모습은 고양이 목에 누가 방울을 달 것인지 의논을 하는 자리일 뿐이다.

"그럼 사마천 위원이 안건을 냈으니 그 일을 주도적으로……"

황보광은 이때다 싶어 일의 책임을 중도파 수장인 사마천에게 미뤘다.

하지만 사마천도 괜히 상무위원이 아니라는 듯 반박을 하고 나섰다.

"인민의 안녕과 질서를 유지하는 일은 공안의 일이고 공안의 실질적 수장은 황보광 위원이지 않소! 이 일은 황보광 위원과 공안이 맡아 하는 것이 이치에 맞다 생각하는 바이오."

자신의 말에 단호하게 대처를 하는 사마천의 말에 황보광은 할 말을 잊었다.

비록 성환에 대해 공동으로 대처를 하기 위해 모인 자리라고 하지만, 사마천도 한 계파의 수장이다.

그런 이가 쉽게 함정에 빠질 것이라고는 생각지 않았지만, 이렇게 자연스럽게 자신에게 공을 넘기는 것을 본 황보광은 그동안 자신의 최대의 적은 전용강이라 생각했는데, 사마천도 만만치 않다는 것을 깨닫게 되었다.

'음, 확실히 사마천 이자도 만만치 않군.'

속으로 이런 생각을 하고 있을 때, 사마천도 황보광을 보며 속으로 생각을 했다.

'이런 순간에도 자신의 이익을 챙기려 하다니…… 이자

도 큰 인물이 되긴 글렀군!'

머리를 쓰는 일이라면 공명의 후예라 떠드는 세가연합의 한 축인 제갈세가의 인물들과 비견되는 사마가문의 인물이 바로 사마천이다.

중국 최초의 역사서 사기(史記)의 저자인 사마천이 후손으로, 그와 같은 위대한 인물이 되라는 가문의 어른들의 기대를 받으며 같은 이름을 받은 사마천이다.

이름처럼 그의 두뇌는 어려서부터 무척이나 뛰어나 절대로 적을 만드는 사람이 아니었다.

그런데 지금 황보광이 그런 사마천을 술수를 부려 모든 책임을 지게 만들려고 했다.

하지만 그 시도는 금방 들통이 났다.

"처음 정보를 파악한 것도 공안 특수부이니 그곳에서 맡아하면 될 것이오. 다른 그렇게 생각하지 않소?"

"맞습니다. 그게 좋겠습니다."

"맞아요. 그들이라면 안심하고 그 일을 맡길 수 있을 것입니다. 예초에 그런 자들을 감시하기 위해 설립된 기구이니······."

사마천의 말이 떨어지기 무섭게 여기저기서 그의 말을 지지하는 말이 터졌다.

한편 자신의 의도와 다르게 모든 책임이 자신에게로 쏠리자 안 되겠다는 판단을 한 황보광은 그 말에 조건을 걸었다.

　"하지만 현재 공안 특수부의 인원만으로는 그를 감시할 수가 없소. 여러분도 영상을 봐서 알겠지만, 그자는 지금까지 나온 그 누구보다 위험한 자요. 솔직히 그자를 감시하는 것만으로 특수부의 업무는 마비가 될 것이 분명한데, 그럼 다른 특수부가 하던 일은 어떻게 할 것이오."

　사실 말은 하지 않았지만, 그동안 공안 특수부는 흑사회 조직들을 감시하는 일 외에도 이들 상무위원들과 같은 세가연합에 위협이 되는 조직들의 감시하는 곳에도 이용되었다.

　그런데 느닷없이 등장한 소림패왕이란 강력한 존재 때문에 업무가 늘어나게 되었다.

　단순히 개인을 감시하는 수준으로는 감당이 되지 않을 것이 분명했다.

　어쩌면 특수부 전체가 나서야 할지도 몰랐다.

　자신의 가문 내에도 비밀리에 양성 중인 기공의 고수들이 있다.

　그들의 특징은 기감이 무척이나 뛰어나다는 것이다.

　특히 자신을 주시한다거나 살기를 피울 때면 귀신같이 알아차렸다.

그런데 화면 속 소림패왕이란 자는 그들보다 몇 단계는 더 뛰어난 자 아니, 차원을 달리하는 괴물이었다.

그자의 영상을 확인한 기공사들은 하나같이 같은 대답을 했다.

'대적불가(對敵不可)!'

그를 상대하는 것은 불가능하다는 말만 하였다.

그뿐 아니라 그의 영상을 본 가문의 고수들은 그를 만나려는 시도를 하였다.

물론 그건 성사되지 않았다.

만약 자신들이 그의 능력을 본 것이 알려진다면 어떻게 나올지 모른다는 이야기가 나오면서 그 일을 흐지부지 수그러들었다.

아무튼 그런 자를 자신이 혼자 떠맡아 손해를 볼 생각이 없는 황보광은 이참에 중도파를 자신의 세력으로 끌어들이기로 했다.

황보광의 말을 들은 상무위원들은 고민을 하기 시작했다.

그의 말도 맞는 말이기도 했다.

공안 특수부가 하는 일이 있는데, 모든 일을 스톱하고 성환만 감시를 할 수도 없는 문제였다.

그러니 어느 정도는 지원을 해야만 했다.

"알겠소. 이번 일은 계파를 떠나 지원을 하기로 하지."

사마광은 중도파를 대표해 그렇게 대답을 했다.

자신이 생각하기에도 그게 이치에 맞았기 때문이다.

사실 공안이 큰 조직이긴 하지만 이 자리에 있는 상무위원 중 그에 비견되는 조직을 가지고 있지 않은 이가 없었다.

다만 하는 일이 다르기에 나서지 않을 뿐이다.

이렇게 뜻을 모으자 일은 일사천리로 진행이 되었다.

각자 자신이 거느린 조직에서 일부 인력을 파견한다는 말에 찬성을 하였다.

"참! 빠뜨릴 뻔했는데, 이 일에 황룡 5호의 사용을 요청하는 바이오."

"황룡 5호를?"

"혹시라도 감시를 눈치챘다면 그들의 안전을 위해서라도 빠르게 퇴각을 시켜야 하는데, 그렇게 되면 그자를 놓칠 수도 있는 일 아니오. 그러니 어느 때라도 그자가 대륙을 벗어날 때까지는 계속해서 감시를 해야 한다고 생각하오. 그것이 우리의 안전을 위해서……."

황보광은 일부러 말을 끝맺지 않았다.

그것이 더욱 다른 위원들의 가슴에 두렵게 느껴졌다.

상상은 언제나 최악을 상정하고 떠오르기에 감시를 하던 중 자신들의 시선에서 성환이 사라졌을 때 어떤 결과가 벌어질지 각자 상상을 하였다.

그리고 나온 결론은 황보광의 의도대로 위성 감시도 함께 실시하자는 말이었다.

물론 위성의 사용은 총서기의 허가가 떨어져야만 가능하지만, 그것도 문제가 없었다.

현 당 총서기는 자신과 같은 세가연합 출신이니 말이다.

대책 회의에 모인 이들은 성환에 대한 감시를 책임지는 곳을 처음 사건을 보고한 공안 특수부로 정하고, 인력의 공백을 메우기 위해 자신들이 데리고 있는 곳에서 인력을 파견하는 것으로 결론을 맺었다.

4.
양창위의 부탁

항주 공안 특수부 경독이었던 제갈궁은 3급 경감으로 특진을 하고 기존 자신의 팀을 확대해 특수감찰임무를 맡게 되었다.

"제길! 겨우 경감의 직책으로 그런 위험 인물을 감시하라고?"

제갈궁은 연신 투덜거리면 자신에게 내려온 명령서를 보고 있었다.

그가 보고 있는 명령서에는 자신이 최초 보고한 인물을 감시하라는 것이었다.

솔직히 명령서만 놓고 본다면 일반적인 명령에 지나지 않았다.

공안 특수부가 하던 일이 바로 특수 집단의 감시와 공안에 반하는 세력의 감시가 주목적이었으니 말이다.

하지만 이번 명령은 그런 단순한 임무가 아니었다.

당시 제갈궁은 촬영을 하면서 무척이나 놀랐다.

인간이 그렇게 죽을 수도 있다는 것을 처음 알게 되었다.

자신도 무가(武家)출신이고 또 자신이 속한 특수부도 모두 무가 출신들이다.

그런데 지금까지 한 번도 그자와 같은 사람이 있을 것이란 정보를 들은 기억이 없었다.

비밀이 많은 미국의 특수부대에도 아무런 장비도 없이 사람을 그렇게 쳐 죽이는 고수가 있다는 정보도 없었다.

자신과 같은 특수부대에 속한 이들은 정보에 밝아야 한다.

그래야 목숨을 오래 보전할 수가 있기 때문이다.

그래서 처음 명령서를 받았을 당시 가문에 소식을 전했다.

어떻게든 임무에서 빼달라는 부탁을 하기 위해서였다.

하지만 들려온 대답은 자신의 뜻과 다르게 임무에 임하라는 것이다.

자신의 희생으로 가문에 많은 이득이 된다는 말과 함께 그동안 가문이 자신을 위해 많은 것을 희생했으니 이젠 자신보고 희생을 하라는 말이었다.

직책이 직책이다 보니 정치에 관해서도 잘 알고 있는 제갈궁은 이미 세가연합에서 자신의 가문에 많은 것을 양보했을 것이 분명하다.

어쩌면 다른 가문에서 이번 임무를 하기 위해 억지로 지원을 보낸 곳도 있을 것이다.

이번 임무를 맡으며 자신의 팀으로 새로 전출 온 이들이 꽤 있는 것으로 봐선 자신의 생각이 맞을 것이라 짐작했다.

그나마 다행이라면 원거리 감시만 하면 된다는 것과 보고를 하는 사람이 이전 자신의 상관이 아닌 공안부장이란 사실이다.

즉, 그 말은 이제 자신이 맡아야 할 팀이 공안부장 직속 특수부대가 된 것이다.

이미 인원도 확대되어 팀이라고 부르기엔 어패가 있어, 새로운 특수부대로 개편이 될 것이라 생각한다.

이제 20대 후반인 자신이 비록 3급 경감이긴 하지만 한 부서의 장이 된 것이다.

이것을 기뻐해야 할지 아니면 괴물을 상대해야 하는 것에 싫어해야 할지 지금으로써는 갈피를 잡을 수가 없었다.

◆　　◆　　◆

성환은 다음 날 남은 철사대의 치료가 끝나자 양창위를 찾아갔다.

한국으로 보낼 약재와 별도로 양명과 소림에 보낼 약을 제조하기 위해서 따로 주문하기 위해서다.

"마침 있었군!"

성환은 양창위를 찾아 자리에 있는 것을 보며 그렇게 인사를 했다.

"어서 오십시오. 그런데 무슨 일로 절 찾으신 것입니까?"

양창위는 아직도 정리가 되지 않은 내부 문제로 열심히 서류를 처리하고 있었다.

바쁜 와중에 성환이 찾아왔기에 무슨 일로 온 것인지 궁금해 물었다.

그런 양창위의 물음에 성환은 자신이 그를 찾은 이유를 설명했다.

"전에 내가 부탁했던 약재를 20명이 복용할 분량을 따로 준비를 해 줘야겠다."

"20명분이라면…… 어느 정도를?"

양창위는 성환이 하는 말을 알아들을 수가 없었다.

백두산에서 나오는 약재를 어느 정도 구입을 해야 20명 분이 되는지 알 수가 없었기 때문이다.

그제야 성환은 자신이 무슨 실수를 했는지 깨닫고 다시 주문을 했다.

"이런 내가 실수를 했군! 그러니까……."

성환은 약재의 수량에 관해 설명을 들려주었다.

50년 이상 천종산삼 세 뿌리와, 비슷한 년생의 영지, 그리고 30년 된 하수오 다섯 뿌리 등 각종 약재를 알려 주었다.

그런데 방금 성환이 준 약재들의 수량도 수량이지만, 그 가격대가 만만치 않았다.

그나마 다행이라면 성환이 구하려는 것 중 가장 비싼 것이 천종산삼인데, 50년산은 흔하다는 것이었다.

한국으로 보내려는 것과 좀 차이가 나는 약재들이라 좀 의아한 생각이 들기도 했지만, 필요하다니 구해는 줄 터.

어차피 그것도 다 돈을 받고 하는 일이니 자신을 그저 밑에 지시만 내리면 되는 일이기에 알았다는 말을 했다.

"알겠습니다. 그런데 언제까지 구해다 드리면 되겠습니까?"

"빠를수록 좋다. 여기서의 일도 마무리되어서 그 일만 끝내고 한국으로 돌아가야 하니 조속히 구해 주기 바란다. 참, 산삼의 경우 50년산이 없으면 100년산 한 뿌리도 가능하니 100년산이 여유가 되면 그것으로 구해 주기 바란다. 100년산 한 뿌리에 한국 홍삼을 첨가하면 약효는 충분하니……."

성환은 이곳으로 가져올 약초들에 대해 수량을 구하지 못할 시 다른 대체할 약초에 관해서도 그에게 알려 주고는 방을 나섰다.

그런 성환의 뒷모습을 보며 양창위는 성환이 무슨 이유로 이곳으로 약초를 보내라는 것인지 고개를 갸웃거렸다.

'무엇 때문에 한국이 아닌 이곳으로 약초의 일부를 보내라는 것이지?'

뭔가 이유가 있을 것이란 생각은 들었는데, 한국에 있는 제약회사가 아닌 이곳으로 일부 수량을 보내라는 것이 잘 이해가 가지 않았지만 자꾸만 뭔가 자신이 모르는 비밀이 있을 것이란 생각이 들었다.

그리고 그 비밀을 알게 된다면 자신에게도 이익을 될 것이란 생각도 함께 들었다.

그 때문인지 성환이 가고 나서도 자꾸만 그 생각이 나서 일이 손에 잡히지 않았다.

일이 손에 잡히지 않을 때는 굳이 억지로 일을 하려고 할 필요가 없다는 생각을 가지고 있는 양창위는 머리도 식힐 겸, 밖으로 나섰다.

방 내부를 돌아보는 그의 눈에 한참 연무(鍊武)를 하면 방도들이 보였다.

한때 연무장을 가득 채우던 이들이 이번 일로 상당수가 사라졌다.

금련방으로서는 장로들의 반란은 크나큰 피해였다.

반란이란 것은 어차피 제 살 깎아 먹기이기 때문에 무조건 손해였다.

더욱이 이번 반란은 사상 유래 없는 절반의 세력이 반란에 참여를 하는 바람에 금련방의 크게 줄었다.

다행이라면 전력에 포함되지 못했던 철사대가 정상으로 복귀를 했다는 것이 그나마 다행이었다.

이런 저런 생각을 하며 주변을 산책을 하고 있는데, 뒤뜰을 돌아 들어가니 자신의 아들인 양명이 뭐가 그리 좋아 미친놈처럼 웃고 있는 것이 보였다.

이 시간이면 무술 수련에 매진하고 있을 시간인데, 그렇지 않고 하늘을 보며 뭐라도 본 것인지 피식거리면 웃고 있는 모습이 너무도 이상하였다.

"흠흠!"

너무도 이상한 아들의 모습에 양창위는 그에게 다가가 헛기침을 했다.

한참 조금 전 사조인 성환이 들려준 이야기를 생각하며 혼자 웃고 있던 양명은 갑자기 들려온 인기척에 깜작 놀랐다.

'이런!'

인기척에 놀라 소리가 들린 곳을 돌아본 양명은 그곳에 자신의 아버지가 서 있는 것을 보았다.

"아, 아버지."

"그래, 무슨 좋은 일이라도 있는 것이냐?"

양창위는 혼자 하늘을 보며 웃고 있는 아들의 모습에 그렇게 물었다.

"아, 아무것도 아닙니다."

얼른 표정을 바꿨지만, 아들의 성격을 잘 아는 양창위는 부자연스러운 양명의 모습에서 자신에게 뭔가 숨기는 것이 있다는 것을 깨달았다.

"아니긴 뭐가 아니라는 말이냐? 어서 말해 봐라."

아들을 살살 달래며 물어보지만 양명도 조금 전 성환과 한 대화를 아버지에게 말할 수는 없었다.

아무리 부자지간이라고 하지만 조금 전 성환과 한 이야기는 그의 허락을 받지 않고 임의로 가르쳐 줄 수 있는 것이 아니었다.

비록 시대가 바뀌었다고 하지만 그런 것이 외부에 알려진다면 살신지화(殺身之禍)를 면하기 어려운 일이다.

중국에는 아직도 많은 무술유파들이 있고, 내공을 연구하는 곳도 많았다.

들리는 풍월에는 중국 정부 내에서도 그것만을 연구하고 하였다.

더욱이 자신의 집안도 무술을 기반으로 하는 곳이다.

만약 그런 약이 있다는 것을 아버지가 알게 된다면 앞으로의 일이 어떻게 변할지 모르는 일이었다.

지금이야 사조가 적당히 손을 써 가문이 이나마 살아남게 되었지만, 이 일로 분노하게 된다면 가문은 멸문을 면치 못할 것이기 때문이다.

"사조님께서 제게 도움을 주시겠다고 했습니다. 다만 그것이 무엇인지는 더 이상 알려고 하지 말아 주십시오."

양명은 그래도 자신의 아버지이기에 자신이 제대로 답을 주지 못하는 이 일이 성환과 연관이 있는 문제라는 것을 알리며 양해를 구했다.

한 방파를 이끌고 있는 사람이라 그런지 양창위는 아들의 말을 듣고 무슨 일인지 금방 알 수 있었다.

'아! 그것과 연관이 있구나!'

양창위는 조금 전 성환이 부탁하고 간 약재와 조금 전 아들이 하늘을 보며 좋아하던 것과 연관이 있다는 것을 금방 알 수 있었다.

성환이 이곳에 머무는 동안 그의 수발을 들었던 것이 자신의 아들이었다.

집에 돌아와서 가족보다 더 그를 극진히 따르는 것에 조금 섭섭한 마음이 없잖아 있었는데, 오늘 보니 그 보답을 받는 것 같았다.

또 성환이 보답으로 주려는 것이 단순한 보약은 아니란 생각이 들었다.

이런저런 생각을 하면 유추를 하다 보니 결과적으로 진실에 접근을 하게 되었다.

하지만 양창위는 한 번 더 아들에게 확인을 하기에 이르렀다.

"혹시 네 무술 수련에 도움이 될 약이라도 주신다던?"

"헉!"

자신의 말에 깜짝 놀라는 아들의 모습에서 자신의 짐작이 맞았다는 생각을 했다.

'역시.'

양명은 아버지의 말에 깜짝 놀랐다.

하지만 이미 늦었다는 것을 깨달은 양명은 자신의 아버지에게 다짐을 받았다.

"아버지! 더 이상 그것에 관해선 알려고 하지 마세요. 잘못하다가는 큰일이 벌어질 겁니다."

양명은 그렇게 자신의 아버지에게 말을 하고는 자리를 떠났다.

하지만 양창위는 아들의 그런 모습은 상관도 하지 않고 고민에 빠졌다.

◈　　◈　　◈

아버지와의 대화를 마치고 돌아가던 양명은 무언가 찜찜한 기분이 들어, 참을 수가 없었다.

'어떻게 하지?'

설마 단순한 말 몇 마디로 아버지가 비밀을 알아차릴 줄은 정말로 몰랐다.

사실 이것이 순수한 그와 흑사회 조직들 세계에서 군림하던 금련방의 방주인 그의 아버지와의 역량의 차이였다.

순수하게 수련만 해 온 양명은 수십 년간을 음험한 세계에서 산전수전 다 겪은 양창위를 상대할 수는 없는 건 당연한 일이리라.

그것이 실전이든, 간단한 대화에서조차 말이다.

자신의 방으로 들어가려다 고민을 하던 양명은 발길을 돌려 성환의 방으로 향했다.

어찌 되었든 자신으로 인해 비밀이 알려졌으니 미리 보고를 해야 했다.

아무리 자신의 아버지이자, 가문을 위해 일을 하겠으나 분수에 맞지 않는 욕심은 화를 부르는 법이다.

성환의 방문 앞에서 심호흡을 하고 노크를 했다.

그렇지 않고는 가슴이 두근거려 참을 수가 없기 때문이다.

똑똑!

"들어와."

양명이 노크를 하기 무섭게 안에서 성환의 목소리가 들렸다.

"예, 명입니다. 들어가겠습니다."

양명은 조심히 방으로 들어갔다.

자신의 방으로 들어오는 양명의 모습을 확인한 성환은 들고 있던 찻잔을 내려놓고 물었다.

"그래, 무슨 일로 찾아왔느냐?"

성환의 물음에 양명은 움찔할 수밖에 없었다.

잘못한 것이 있다 보니 본능적으로 나온 반응이었다.

"저 그것이…… 죄를 고할 것이 있어서……."

조심스럽게 대답을 하는 양명의 모습에 성환은 무슨 일인가, 하는 생각이 들었다.

"그래, 무슨 잘못을 했기에 그러는 거지?"

성환의 거듭된 물음에 양명은 쉽게 대답을 하지 못했다.

하지만 언제까지 이렇게 시간만 허비할 수는 없는 일이기에 눈을 감으며 알렸다.

"실은……."

양명의 말은 자신의 아버지와 대화 도중 성환이 만들려는 약에 관해 언급을 하게 되었다는 말이었다.

"자세히 말해 봐라."

진상을 먼저 알아야 했다. 양명의 말을 듣고 한참을 고민했다.

'음, 내가 요즘 실수를 많이 하는군!'

성환은 요즘 자신이 실수를 많이 하고 있다는 생각을 하게 되었다.

만약 자신이 내공을 증진시킬 수 있는 약을 만들어 낸다는 것이 알려지면 자신이나 자신의 주변에 좋을 것이 없었다.

물론 이 약이 모든 사람에게 효과가 있는 것은 아니다.

무공을 익히고 내력이 조금이라도 몸에 있다면 큰 도움을 받겠지만, 그렇지 않고 약물에 의해 힘을 얻은 자들은 아무런 도움도 되지 않았다.

아니, 약간의 건강 회복 정도는 될 뿐, 그리 큰 효과를 보는 것은 아니다.

하지만 그렇게 생각하지 않는 사람도 분명 있을 것이다.

특히 욕심 많은 사람들은 어떻게든 자신에게서 제조법을 알아내기 위해 갖은 수단을 동원할 것이 분명했다.

어쩌면 하나뿐이 조카의 목숨을 가지고 자신을 협박할 수도 있을 것이다.

그게 누구라도 그만한 응분의 대가를 치를 것이지만, 아무튼 자신으로서는 신경 써야 할 것이 분명했다.

'이 일을 어떻게 처리할까?'

자신의 실수로 벌어진 일이기는 하지만 귀찮아지는 것도 싫었다.

한참 삼청프로젝트가 진행이 되고 있는데, 이번 일로 자신의 일이 방해받을 것 같은 예감이 들어 저절로 눈살이 찌푸려졌다.

하지만 이것도 자신의 방심이 부른 일이니 감수할 수밖에 없다는 결론을 내리게 되었다.

일은 이미 벌어졌는데, 뒤늦게 수습을 하려고 하면 오히려 일만 그르치게 된다.

이렇게 된 마당에 가장 최선의 방법은 양창위를 자신의 품으로 품는 것이 최선이었다.

이런 생각을 하자 조금 전까지만 해도 고민이던 것이 말끔하게 해소가 되었다.

물론 그를 전적으로 믿을 수는 없겠지만 자신이 보기에 금련방주는 어느 정도 욕심은 있지만 자신이 컨트롤 하지 못할 정도는 아니었다.

뭐 막말로 그가 자신을 배신을 하려고 하면 그때 처리하면 되는 문제였다.

이렇게 생각하니 참으로 간단한 문제였다.

다만 이번 일을 어떻게 이용하는 것이 자신에게 유리할

까? 그것을 다시 생각해 보았다.

한편 성환이 자신과 이야기를 하다 말고 조용해지자 양명의 심장은 무척이나 빨리 뛰었다.

두근두근!

❖　　❖　　❖

모든 일과가 끝나고 많은 사람들이 내일을 위해 숙면에든 시각.

금련방 방주인 양창위가 성환이 묶는 숙소를 찾았다.

"사조님, 저희에게도 그것을 주십시오."

양창위는 성환을 자신의 아들처럼 사조님이라 부르며 양명에게 주기로 한 약에 관해 금련방에도 공급해 줄 것을 부탁했다.

금련방이 소림의 계열에서 파생된 곳이니 성환을 그렇게부를 수도 있지만, 소림사의 승려들에게 그렇게 불리는 것도 거북한데 양창위까지 자신을 그리 부르자 살짝 미간이찌푸려졌다.

하지만 이미 양명이 자신을 찾아왔을 때부터 이런 일이있을 것을 예상하고 있었기에 그에 관해선 별말 하지 않고 양창위가 걸 조건을 지켜보기로 했다.

그런 성환의 생각을 짐작이라도 하는 듯 양창위는 자신이 준비한 것들을 이야기하기 시작했다.

"사실 그것이 무례한 것임을 잘 알고 있습니다. 하지만 현재 본 방의 형편으로는 그것이 절실합니다. 그러니…… 제 부탁을 들어주신다면 들어가는 약재의 값을 본 방에서 책임지겠습니다."

양창위는 성환이 자신의 부탁을 들어준다면 모든 비용을 자신이 책임지겠다는 말을 하였다.

물론 그것이 성환이 공급해 줄 약에 비하면 과하지 않다. 아니, 어쩌면 더 약소할 수도 있었다.

하지만 현재 금련방의 사정으로는 그 이상의 출혈을 할 수 있는 여건이 되지 못했다.

이번 사태로 이해 금련방은 예전의 성세를 회복하기 위해선 정상적으로는 몇 십 년이 걸릴 일이었다.

다만 성환이 폐인이 되었던 철사대를 치료하여 복귀시킨 것 때문에 많은 시간이 단축되기는 했지만, 그래도 이대로 가다가는 다른 경쟁자들에게 먹힐 수도 있었다.

그렇기에 양창위는 최대한 자신이 할 수 있는 것을 하기로 결정해 이렇게 성환의 앞에 무릎 꿇고 애원을 하는 중이다.

그런 양창위를 내려다보며 성환은 생각에 빠졌다.

'이자를 얼마나 믿을 수 있을까?'

한편 양창위는 아무리 기다려도 어떤 말이 없어 무척이나 애가 탔다.

하지만 자신은 그저 성환의 처분만 기다려야 할 입장이기에 그저 자신의 바람대로 성환이 그것을 자신에게도 내려주었으면 하는 마음뿐이다.

자신이 아무런 대답도 하지 않자 계속해서 기다리는 양창위의 모습에 성환은 결론을 내렸다.

'어차피 내가 이자를 믿을 필요는 없지. 배신을 한다면 그에 합당한 대가를 치르면 될 것이니.'

자신의 힘을 이미 잘 알고 있는 성환이라 더 이상 복잡하게 생각할 필요를 느끼지 못했다.

그저 약간이나마 인연이 있는 양명으로 인해 고민을 하긴 했지만, 그것 보다는 자신의 일이 더 우선이었다.

만약 소림이 한국이나 자신이 하려는 일에 걸림돌이 된다면 과감하게 그들도 징치할 수 있다는 마음이기에 지금 자신의 앞에 무릎 꿇고 있는 양창위의 말에 어떻게 할 것인가는 복잡하게 생각하지 않기로 했다.

"좋다. 다만 딱 10명분의 약을 줄 것이다. 그것의 사용처는 네가 잘 알아서 하기 바란다."

성환의 허락이 떨어지자 양창위는 큰 소리로 감사를 표했
다.

"감사합니다. 감사합니다."

자신보다 10살은 더 어린 성환에게 존칭을 하고 또 그도
모자라 무릎까지 꿇어 가며 부탁을 했던 것이 그 결실을 맺
자 양창위는 그동안 가졌던 시름이 모두 사라지는 것 같았
다.

사실 양창위가 표현을 하지 않아서 그렇지 그동안 마음고
생이 심했다.

자신의 대에 이르러 방의 썩은 부위가 드디어 터지고 말
았다.

언젠가는 그럴 날이 있을 것이라 상상을 하고 또 대비를
했지만, 고름은 자신의 예상을 훨씬 웃돌았다.

설마 장로들 반절이 반란을 일으킬 것이라고는 그도 예상
을 못했다.

솔직히 자신의 대에 들어서 금련방은 더욱 규모를 키웠
고, 풍요롭게 되었다.

하지만 사람의 욕심이란 끝이 없는 법인지, 장로들 중 일
부가 자신의 자리를 넘보기 시작했다.

자신은 잘 대해 줬다고 생각했는데, 그런 짓을 뒤로 꾸미고 있었을 줄은 꿈에도 몰랐다.

그나마 다행이라면 절대강자가 자신의 옆에 있을 때, 반란이 일어났다는 것이다.

절대자의 도움으로 반란은 조기에 진압이 되었지만 방은 예전의 성세를 아니 이제는 자신들의 밑에 복속되었던 조직들을 견제하기도 힘들 지경에 달했다.

이런 일을 수습하기 위해 그동안 고심을 했는데, 다행히 그 해결책이 바로 곁에 있다는 것을 알게 되었다.

소설속의 영약 정도는 아니지만 엄청난 것이 바로 옆에 자리하고 있었다.

정말이지 옆에서 보고 있기만 해도 놀랄 사람인데, 또 어떤 비밀을 가지고 있을지 모르지만 양창위는 성환의 눈 밖에 나는 짓을 절대로 하지 않겠다는 다짐을 했다.

이미 성환의 밑에 있는 자들의 무서움을 익히 들어 알고 있다.

금련방 3대 무력조직인 철사대가 한국에 파견을 나가 폐인이 되었을 때, 사실 성환에게 당한 사람들 보단 성환과 함께 출동했던 KSS경호의 경호원들에게 당한 사람이 훨씬 많았다.

물론 기맥을 폐쇄한 것은 성환이지만 철사대를 제압한 것은 KSS경호의 경호원들이란 소리였다.

 그런 사실을 보고받은 양창위는 절대 그 사실을 잊지 않았다.

 비록 그들이 금련방과 같은 전통이 있는 무가는 아니지만 절대자인 성환의 조련을 받은 사람들.

 거기다 성환이 제조하는 특수한 약을 먹고 내공을 키운 고수라는 것을 파악했기 때문이다.

 "부족한 것은 방이 세를 회복하게 되면 차차 갚아 나가겠습니다."

 양창위는 조금 전 성환에게 조건을 걸 때, 자신의 조건이 사실 약의 가치에 미치지 못한다는 것을 잘 알고 있다.

 그래서 지금 허락이 떨어지자 성환이 약을 공급해 주면 자신이 어떻게 행동할 것이고, 그 뒤에 어떻게 할 것이란 것을 소상히 밝혔다.

 "그건 알아서 하고, 한국으로 보내는 약이나 차질 없이 보내기 바란다. 참! 나도 네게 제안할 것이 있는데……."

 성환은 자신도 금련방에 할 제안을 했다.

 중국에서 언제부터 시작된 것인지는 모르지만, 한국인에 대한 테러가 간간히 벌어지고 있었다.

중국에 한류가 들어오고 중국인들에게 많은 인기를 끌게 되자 중국으로 진출하는 한국인들이 많아졌고, 한국에 대한 환상을 가진 중국인들도 많이 늘어났다.

그 때문에 한국과 중국은 활발하게 교류를 했지만, 그 부작용도 만만치 않게 발생했다.

한국과 중국 양국은 사실 체제가 민족의 차이로 성향이 무척이나 다르다.

좁은 한국도 그렇지만 중국은 별의별 사람들이 많다.

인구가 많다 보니 인명 경시 사상이 팽배한 중국은 사실 여행을 하기에 적합한 나라는 아니다.

1년에도 상당수의 사람들이 중국에 여행을 갔다가 실종이 된다.

실종되는 것에는 여러 가지 일이 있지만 그중에서도 가장 악명 높은 것이 바로 흑점(黑店)이다.

흑점.

검은 상점이란 이것은 그 역사가 아주 오래되었다.

고대로부터 내려오는 것으로, 특정 상점을 지칭하는 단어가 아니다.

암흑가를 흑사회라 부르듯 불법적인 거래를 하는 곳을 지칭하는 단어이고, 이들 흑점에서 파는 물건들은 모두 불법인 물건들이다.

그런데 이 흑점에서는 감히 상상도 하지 못할 물건이 공공연하게 거래가 되고 있는데, 그 대표적인 상품이 바로 인육(人肉)이다.

폐쇄적인 시절에는 외지인을 상대로 범죄를 저질러 판매를 하던 것이, 문호가 개방되면서 관광객이 몰려들자 그 주 타깃을 외국 관광객으로 삼게 되었다.

자국민을 상대로 범죄를 저지르다 보니 공안의 감시가 철저해졌다.

하지만 관광객에 관해선 그리 심한 감시를 하지 않았다.

이들의 주 타깃이 관광객으로 돌아서는 것은 당연한 수순이었다.

사람이 사람을 잡아먹는다는 것은 불법을 떠나 절대로 있어서는 안 될 인류 최악의 범죄다.

인간의 존엄을 무시하고 자신이 인간임을 거부하는 패륜 범죄인 것이다.

하지만 중국은 그것을 알면서도 막지 않는다.

그건 그들 핏속 뿌리 깊게 자리 잡고 있는 인명 경시 사상 때문이다.

더욱이 자국민이 아닌 외국인을 상대로 한 범죄이다 보니 더욱 적극적인 행동을 하지 않는다.

물론 잡기도 무척이나 힘들기 때문에 손을 놓고 그저 피해가 외국으로 알려지는 것을 막고 있을 뿐이다.

성환은 그런 피해자들 중 가장 많은 피해를 받는 것인 한국인이란 것을 알았다.

약소국에 자국민 보호가 미흡한 한국은, 중국뿐 아니라 전 세계의 많은 나라들에 호구로 낙인찍혀 있었다.

아무튼 그런 한국이다 보니 자신이라도 나서서 피해자를 줄여 보기로 작정을 했다.

이미 한번 써먹어 본 작전이고 그 효과는 기대 이상이었다.

그러니 금련방에 그 방법을 쓰기로 작정을 하고 양창위에게 제안을 했다.

"금련방이 내 밑으로 들어오라는 말은 하지 않겠다. 하지만 내가 부탁하는 일 몇 가지만 해 준다면, 절강성이나 인근이 아닌, 대륙 전역에 금련방의 이름을 알릴 수 있도록 해 주지."

성환의 갑작스런 제안에 양창위는 할 말을 잃었다.

하지만 성환의 능력을 이미 본 양창위는 성환의 말이 결코 허언이 아니란 것을 알고 얼른 받아들였다.

조직을 운영하는 자로서 조직의 이름을 향상시켜 주겠다는 제안을 거절할 필요가 없기 때문이다.

뒤에 어떤 미래가 있을지는 모르는 일이다.

성환이 자신을 이용하다 버리더라도 선택의 여지가 없는 것이다.

그 혼자의 힘으로도 금련방의 힘을 뛰어넘고 있으며, 자신이 아니더라도 그의 뒤에는 소림사라는 금련방과는 비교 불가의 거대 조직이 있지 않은가?

그러니 좋든 싫든 양창위는 성환의 제안을 거절할 수가 없었다.

만약 거절을 했다가 조금 전 성환이 공급해 주기로 했던 약의 공급을 거절하면 금련방은 피어 보지도 못하고 주변 세력에 먹혀 버릴 게 분명했기 때문이다.

금련방이 항주에 자리 잡기 위해 다른 조직들을 공격해 무력으로 지금의 자리를 차지했다.

그런데 지금 금련방이 그때와 비교가 되지 않을 정도로 세력이 줄어 있다.

결코 주변 조직들이 금련방을 가만두지 않을 것이 분명한 터. 성환과 같은 보호자를 거부했다가는 금련방이 남아나질 못한다는 것을 알고 있으니 조금이라도 선이 연결되어 있을 때, 그 선을 굵게 꼬아야 한다.

그것이 위태로운 금련방의 방주로서 자신이 할 일인 것이다.

양창위는 성환의 제안을 받아들였다.

"저희가 어떻게 하면 되겠습니까?"

양창위가 자신의 제안을 받아들이자 성환이 미소를 지으며 차분히 설명을 했다.

"별거 없다. 너희들은 현 상태가 수습되면 세력을 넓혀가면 된다."

"하지만 그러기에는 인원이 너무나 부족해졌습니다."

성환의 말이 떨어지기 무섭게 양창위는 현재 금련방의 상태를 언급했다.

사실 마음이야 성환의 말을 들어주고 싶지만, 양창위는 냉정하게 방의 현 상태를 보고 있었다.

비록 성환으로 인해 철사대가 복귀를 한다고 하지만, 너무도 많은 방도들이 반란 사건으로 죽었다.

그 때문에 현재 금련방은 세력을 넓히고 싶어도 할 수가 없었다.

세력을 넓히는 일은 고수가 많이 포진한다 해서 해결이 되는 것이 아니라, 그 뒤를 관리할 인원이 필요로 했다.

그런데 그런 인원이 너무도 없었다.

새로 인원을 보충하기 위해선 시간이 필요한데, 지금 금련방은 내부 수습만으로도 과로에 시달리고 있다.

"그건 내가 도와주지."

"어떻게……?"

"무력은 내가 알아서 할 테니 너희는 내가 제압한 곳에 관리자만 파견해라."

성환은 자신의 계획을 양창위에게 설명을 했다.

성환의 계획은 굳이 기존 세력을 모두 처리할 것이 아니라, 그들을 하부 조직으로 받아들이고, 금련방은 그들의 상위 조직으로 관리를 하라는 것이다.

무력은 자신이 줄 터이니 감히 그들이 반항을 하지 못하게 될 것이다. 당근과 채찍을 사용해 적당히 어르고 달래라는 말이었다.

즉, 피라미드처럼 최상위에 금련방이 있고, 그 밑으로 복속한 조직들을 거느리면 된다는 것이다.

성환의 계획을 들은 양창위는 눈을 반짝였다.

만약 그렇게 한다면 굳이 인원이 많을 필요는 없었다.

인원을 늘리기 보단 지금처럼 내실을 다지며 방도들을 정예화 하면 예전의 성세를 금방 회복할 수도 있는 일석이조의 이득이 있었다.

더욱이 성환이 주겠다는 20명분의 영약을 사용한다면 금련방은 어쩌면 전통의 세가들처럼 한 자리를 꿰차게 될 수도 있을 것 같았다.

만약 그렇게만 된다면 양창위로써는 더 바랄 것이 없었다.

남궁세가나 서문세가 등 중국에는 많은 무가들이 자리하고 있다.

그리고 많은 세가들은 무협 소설에 나오는 무림 세가들처럼 되기를 소망한다.

금련방의 방주로 오랜 세월 자리하고 있는 양가도 마찬가지다.

비밀결사 천지회의 일파로 갈라져 나온 금련방은 세월이 지나며 남궁세가나 황보세가처럼 되기를 노력했다.

하지만 아무리 노력을 해도 기존 세력들의 견제 속에서는 자리를 잡기란 무척이나 힘겨웠다.

그저 흑사회의 한 조직으로 이름이 알려질 뿐, 그 이상 키우기란 요원했다.

그건 기존 자리 잡고 있는 세가들의 방해와 두터운 장벽 때문이었다.

더욱이 금련방은 그런 세가로 커 나가기 위해 기본적으로 갖춰야 할 무력이 약했다.

비밀결사를 뿌리로 두다 보니 금련방 제자들의 무력은 기초가 부실하고 너무도 실전적이란 것이 약점으로 작용했다.

그런데 그것을 보완해 줄 사람이 바로 앞에 있으니 무엇을 망설이겠는가?

다행히 금련방은 소림 무술을 기반으로 만들어진 무술을 익히고 있다.

조금만 보완을 해 준다면 충분히 그 기틀을 잡을 수 있을 것이다.

성환의 제안이 금련방으로써는 절대 손해날 것이 없는 것이었다.

그러다 보니 양창위에게 망설임 따위가 없었다.

"잘 알겠습니다."

"좋아, 필요한 것이 있으면 말을 해. 내가 들어줄 수 있는 것은 들어줄 테니."

"알겠습니다."

성환은 비로소 한국에서 출발하기 전 세웠던 계획이 순조롭게 끝나자 속으로 미소를 지었다.

물론 생각지 못하게 몇 가지 일을 더 하게 되긴 했지만, 그것이 꼭 나쁘지만은 않았다.

소림이나 금련방에 적당히 빚을 지워 두면 언젠가는 써먹을 때가 있을 것이기 때문이다.

특히 소림에 약을 제공하는 것이 바로 그것이다.

이미 소림에는 대환단이나 소환단에 대한 자료가 소실되었다.

아니, 그런 자료가 있다고 해서 그런 영약을 제조할 능력이 되지 않는다.

하지만 그것에는 미치지 못하지만 자신이 전해 줄 약이 상당히 도움이 될 것은 분명했다.

자신이 준 약으로 인해 소림이 갑자기 배로 세력이 커지진 않겠지만, 남들이 모르는 히든 카드는 될 것이다.

위기에 처했을 때 자신이 준 약으로 커진 히든카드가 소림의 위기를 극복하는 데 일조를 한다면 자신의 영향력도 덩달아 커질 것이 분명했다.

성환은 미국에 그랬던 것처럼 중국에도 적당히 능력을 선보여 최대한 이득을 취하고 있었다.

현재 미국이 한국에 전해 준 것 같은 엄청난 것은 아니지만, 성환 자신의 세력을 키우는 데 많은 도움을 주고 있는 소림과 관계를 조금 더 진전을 시킬 필요가 있다.

그것을 이번에는 자신이 제조할 영약이 할 것이다.

분명 소림은 자신이 공급할 영약을 허투루 쓰진 않을 것
이다.

자신이 양명에게 말했던 것처럼 일대 제자들 중에서 최고
의 기재를 선별해 양성할 것이다.

소림에 있는 그들도 현재 자신들이 처한 상황을 잘 알고
있으니 말이다.

5.
상해(上海)에서 생긴 일

"잃어버리지 않게 잘 전달하기 바란다."

양명은 자신의 품에 있는 목함을 소중하게 안고 성환에게
말을 했다.

"알겠습니다. 그런데 정말로 그냥 혼자 가셔도 되겠습니
까?"

"내 걱정을 할 필요 없다. 상해에 가면 한국으로 가는 비
행기편은 많으니."

성환은 처음 계획과 다르게 항주에서의 일을 마치고 바로
한국으로 들어가는 것이 아니라 상해를 들려서 한국으로 들
어가기로 일정을 변경했다.

그것 때문에 양명은 성환이 한국으로 돌아갈 때까지 수행을 해야 하는 자신의 입장 때문에 걱정이 됐으나, 성환은 상해에서 한국으로 들어가는 것은 굳이 양명이 없어도 혼자 처리할 수 있는 일이기에 간단한 말로 양명의 말을 일축시켰다.

"내 걱정은 할 필요 없고, 넌 그것이나 잘 전하면 된다."

"알겠습니다. 그럼 조심히 돌아가십시오."

"그래, 너도 그걸 어디 흘리지 말고 잘 전달하기 바란다. 그리고 방장에게는 내가 일이 있어 소림에 들리지 못하는 것을 너무 섭섭하게 생각하지 말라 전해 주기 바란다."

"예, 그렇게 하겠습니다."

"그럼 난 이만 시간이 되었으니 들어가 보겠다. 너도 그만 출발해라!"

"예, 들어가시는 걸 보고 저도 출발하겠습니다."

성환과 양명은 그렇게 이야기를 주고받고 있을 때, 공항의 한곳에서 이들의 모습을 지켜보는 자들이 있었다.

그들은 성환을 감시하기 위해 결성된 특작대였다.

공안 특수부 내에서 성환에 대해 알고 있는 자들만 차출하고, 소림 출신들을 견제하기 위한 공산당 상무위원들이 자신들의 배경들에게 부탁해 무술 고수들만 따로 모아 만든 부대였다.

전적으로 성환을 감시하는 것이 목적인 이 특수 작전 부대는 공안 내부에서도 특별한 위치에 있었다.

비록 한시적인 부대이긴 했지만, 그 뒷배경이 상당했기에 공안 내부에서도 이들을 함부로 하지 못했다.

그렇기에 지금 항주 공항의 보안실을 점거하고 CCTV를 통해 감청을 하고 있었다.

이미 성환이 움직일 동선을 예상하고 곳곳에 도청 장치를 설치해 두었기에 감청을 하는 것은 쉬웠다.

성환은 설마 자신을 누군가 지켜보고 있다는 것을 상상도 하지 못하기에 아무것도 눈치채지 못하고 있었다.

아무리 대단한 능력을 가지고 있는 성환이라고 하지만, 인간이 아닌 기계로 가시를 하고 있다 보니 어떤 기미도 느낄 수 없었다.

"유한, 저자가 상해로 가는 것이 확실한가?"

"예, 이미 비행기 예약을 확인했습니다."

"흠, 그런데 분위기로 봐선 저자와 함께 동행을 하는 것 같지는 않는데?"

"네, 방금 감청을 한 결과 저자는 패왕으로부터 뭔가를 받아 소림에 전달하라는 명령을 받은 것으로 확인되었습니다."

"전달할 물건?"

한참 성환과 양명의 대화를 감청하고 있던 주유한은 자신의 상관인 제갈궁의 질문에 대답했다.

제갈궁은 부관의 말에 자신이 보기에도 양명이 뭔가 중요한 물건을 가지고 있는 것처럼 품에 뭔가를 소중하게 안고 있는 것을 주시했다.

"넌 저게 뭐라고 생각하나?"

"그건 저도 알 수가 없습니다."

"그러니까 생각을 해 보라고."

부관인 주유한이 자신의 물음에 망설임도 없이 모르겠다는 대답을 하자 답답해진 제갈궁이 닦달했다.

누가 그것을 몰라서 질문을 한 것이란 말인가.

그저 가능성을 열어 두기 위해 뭐라도 말을 하라는 것이었는데, 융통성이 부족한 부관이 조금은 답답했다.

제갈궁은 자신의 부관으로 있는 주유한이 다 마음에 들면서도 이런 문제가 불만이었다.

다른 공안들과 다르게 부패하지 않아 가까이 두고 있긴 하지만 이런 면이 드러날 때면 답답했다.

'저자가 소중히 한다는 건 무척이나 귀중한 물건이란 말인데…… 저것이 뭐란 말인가?'

양명의 품속에 있는 것이 무엇인지 무척이나 신경이 쓰였다.

그렇다고 저것을 함부로 보자고 할 수도 없었다.

아무리 무소불위의 권력을 가지고 있는 공안, 그중에서도 특수부 중에서도 특별한 위치에 있는 자신이라고 하지만 소림의 제자를 함부로 검문할 수가 없었다.

만약 그런 일이 발생한다면 많은 곳에서 가만있지 않을 것이다.

공안을 장악하고 있는 것은 자신이 속한 세가연합이지만 그렇다고 공안 고위층에 소림 출신이 없는 것은 아니니까.

비록 자신의 직속상관이 현재 공안부장이라고 하지만 공안부장 못지않은 권력자가 많았다.

만약 불심검문을 해서 불법적인 물건이 나오지 않는다면 자신이 오히려 위험해질 수 있어 생각을 행동으로 옮길 수 없었다.

제갈궁이 이러지도 저러지도 못하고 있을 때 스피커에서 상해 행 비행기의 티켓 팅 안내가 나가고 있었다.

―항주 발, 상해 행 중앙 항공 999기의 탑승이 시작되겠습니다.

스피커에서 안내 방송이 나가고 제갈궁과 주유한의 움직임도 분주해졌다.

"계속 감시하도록! 유한 가자!"

제갈궁은 다른 부하들에게 성환에 대한 감시를 지시하고, 자신은 부관인 주유한과 성환이 탑승하기로 되어 있는 비행기를 타기 위해 움직였다.

한편 성환도 안내 방송이 나오자 양명을 보내고 자신은 비행기 탑승 수속을 받기 위해 검색대로 이동을 했다.

❖　　❖　　❖

"언니! 정말이야?"

아영은 리더인 수영에게 뭔가를 물어보고 있었다.

"그래, 삼촌이 우리 보러 온다고 했다."

성환이 자신들을 보러 온다는 수영의 말에 아영은 어쩔 줄을 몰랐다.

설마 중국에 공연을 왔는데, 그것도 보러 와 줄지는 상상도 못했다.

사실 전에 연락을 했을 때는 일이 있어 못 온다고 했었는데, 어떻게 된 것인지 모르지만 마냥 기뻤다.

사실 속으로 많이 걱정을 했었다.

처음 외국에 공연을 나오다 보니 무척이나 두려웠다.

말도 통하지 않고, 중국인들이 얼마나 시끄러운지 정말 정신을 차릴 수가 없었다.

입에 무슨 속사포를 쏘듯 다다다다 쏟아 내는 말들은 시끄럽고 알아들을 수가 없으니 그 두려움은 더욱 커졌다.

그랬기에 언제나 든든한 보호자 같은 성환 삼촌이 봐 주러 온다면 안심이 될 것 같았지만 못 온다는 말만 들었다.

그 때문에 무척 불안했는데, 공연 전에 와 준다니 무척이나 기뻤다.

성환이 온다는 말에 기뻐하던 아영은 갑자기 정색을 하며 수영을 쳐다보았다.

"그런데 그걸 언니가 어떻게 알아?"

정색을 하며 자신에게 따지듯 물어 오는 아영의 모습에 수영은 기가 차다는 듯 쳐다보며 말했다.

"왜? 얘는 알려 줘도 이러네!"

"어떻게 알았냐고?"

"몰라, 말 안 해!"

수영과 아영이 티격태격 하고 있는 모습을 지켜보던 다른 멤버들은 한숨을 쉬었다.

이 두 사람은 정말이지 시도 때도 없었다.

물론 리더인 수영보다는 질투가 많은 아영이 문제를 일으키고 있지만, 어찌 되었든 트윙클은 언제나 바람 잘 날이 없었다.

시끄럽게 달라붙는 아영을 피해 호텔 방을 돌고 있는 수영을 불러 세우는 소리가 있었다.

"수영 언니!"

한참 자신을 들볶는 아영을 피해 달아나던 수영은 자신을 부르는 소리에 고개를 돌렸다.

"응, 무슨 일이야, 미진아?"

"다름이 아니라요. 정말로 언니는 그 말을 어떻게 안 거예요?"

아영에 이어 막내 미진까지 같은 질문을 해 오자 수영은 어이없다는 표정으로 자신을 쫓던 아영과 미진을 쳐다보았다.

말괄량이인 아영과 정반대의 성격을 가진 미진이 공통으로 관심을 가지는 존재가 성환 삼촌이란 것을 수영은 잘 알고 있었다.

　그리고 성환에게 관심이 있는 것은 비단 그들뿐만 아니었
다.

　자신도 그렇고 또 자신들이 소속된 기획사 사장인 혜연
언니까지 삼촌에게 관심이 있다는 것을 잘 알고 있었다.

　조금 전까지는 그저 장난스럽게 넘겼지만 미진까지 진지
하게 물어 오자 수영은 조금 전과는 다르게 기분이 가라앉
았다.

　정말이지 이대로는 안 되겠다는 생각이 들었다.

　이대로 가다가는 멤버들끼리 트러블이 생길 것 같고, 또
멤버들과 사장인 혜연과의 관계도 뭔가 문제가 생길 것만
같았다.

　자신은 그저 친삼촌은 아니지만, 그가 든든한 보호자 같
다는 느낌 이상은 아니었다.

　그런데 두 동생들을 보니 그게 아닌 것 같았다.

　보호자 정도가 아니라 어쩌면 남자로써 생각을 하는 것은
아닌지 걱정이 되었다.

　삼촌이 비록 동안이라 겉으로 보기에 자신들과 별로 나이
차이를 보이고 있지 않다고 하지만 실재로는 2배나 차이가
났다.

그 말은 만약 이 사실이 외부에 알려지기라도 한다면 자신들에게는 치명적으로 작용할 것이 분명했다.

그뿐만이 아니다.

결과적 자신들뿐 아니라 삼촌까지 이상한 구설수에 오를 수 있으리라.

이런 생각이 들자 수영은 진지한 표정으로 물었다.

"너희 잠시 여기 와 앉아!"

갑자기 정색을 하며 말하는 수영의 모습에 아영과 미진은 긴장을 했다.

가끔 이렇게 정색을 하며 말하는 수영은 무척이나 무서웠다.

같은 상처를 가지고 있는 트윙클의 유대감은 그 어느 그룹보다 단단하다.

그 때문에 멤버들 간의 심한 장난이나 다툼도 시간이 지나면 금방 해결이 되었다.

그런 중심에는 엄마처럼 멤버들을 감싸 주는 리더 수영이 있었기 때문이다.

◈　　◈　　◈

항주에서 일을 마친 성환은 한중 그랜드 콘서트가 열리는 포동 종합운동장으로 향했다.

한중 그랜드 콘서트는 한국과 중국의 유명 가수들이 1년에 한번씩 한국과 중국을 번갈아 가며 열리는 행사로, 이번 년도에는 중국 상해에서 열리게 되었다.

그런 관계로 이 콘서트의 규모는 이름에서 알 수 있듯 엄청난 규모를 자랑하고 있었다.

이 그랜드 콘서트에 초청이 되지 않은 가수는 스타가 아니라 불릴 정도로 엄청난 규모를 자랑한다.

실제로 이 그랜드 콘서트는 단 하루만 치러지는 행사 치고는 엄청난 시간 동안 진행이 되는데, 오전 10시부터 오후 10시까지 장장 12시간 동안 진행이 된다.

그러다 보니 출연자가 많을 수밖에 없었고, M&S엔터의 트윙클로 이번 년도에 이름을 알리기 시작하면서 초청을 받게 되었다.

트윙클은 한국에서도 마찬가지지만 이곳 중국에서도 서서히 이름값을 알리고 있어 M&S엔터의 경우 이번 콘서트에 많은 기대를 하고 있다.

트윙클에게는 첫 해외 공연이고, 중국이란 낯선 곳에서 자신들이 그동안 섰던 무대는 비교도 되지 않을 정도로 엄청난 무대에 압도돼 두려운 나머지 자신들의 든든한 버팀목이자 키다리 아저씨인 성환을 찾은 것이다.

성환도 이런 것을 짐작하고 한국에 들어가는 것을 하루 늦추면 ㅇ이곳에 그녀들을 응원하기 위해 왔다.

"손님, 다 왔습니다. 100위안 되겠습니다."

운전기사는 그랜드 콘서트가 열리고 있어 복잡한 종합운동장 앞에 정차를 하고 성환에게 도착했음을 알렸다.

한참 생각에 잠겨 있던 성환은 운전기사의 말에 얼른 정신을 수습하고 차비를 내고 내렸다.

성환이 내리기 무섭게 운전기사는 쌩하니 가 버렸다.

그런데 참으로 위험천만하게 운전을 하는 것을 보니 성향을 알 수 있었다.

성환이 내려 차 문을 닫기도 전에 택시가 움직였기 때문이다.

뭐 그것 때문에 성환이 위험한 것은 아니지만 잘못하다가는 큰 사고가 날 수도 있는 일이었다.

중국이 개방된 지도 벌서 수십 년이 되었는데 아직도 중국의 서비스 만족도는 개발도상국에도 못 미치고 있었다.

공산주의 국가인 중국에도 천민자본주의가 들어오면서 돈이라면 물불을 가리지 않고 일을 벌이는 이들이 허다했다.

조금 전 그 불친절한 택시기사는 그에 비하면 양반인 편이라 성환도 조용히 넘어갔다.

행사가 벌어지는 곳으로 들어가던 성환은 너무도 복잡한 현장 때문에 도저히 트윙클이 있는 대기실을 찾을 수가 없었다.

아니 하다못해 한국 가수들이 모여 있는 곳도 찾을 수가 없어 하는 수 없이 전화를 걸었다.

"수영이냐? 삼촌인데……."

한참 트윙클의 리더인 수영과 통화를 한 성환은 사람을 보내겠다는 수영의 말을 듣고 운동장 입구에 기다렸다.

10분쯤 기다리니 누군가 다가오는 것이 느껴졌다.

주변에 지나다니는 사람이 많았지만 다가오는 사람이 자신을 찾아온다는 것을 알 수 있었던 것은 그 사람이 바로 트윙클의 매니저이자 M&S엔터의 실장의 직위를 가지고 있는 최나영이었기 때문이다.

이미 안면이 있는 관계로 그녀의 얼굴이 보이자 성환도 그녀에게 다가갔다.

"이사님 오랜만입니다."

"최 실장님 고생이 많군요."

두 사람은 누가 먼저랄 것도 없이 서로 가벼운 인사를 주고받았다.

"절 따라오세요."

최나영은 인사를 하고 바로 트윙클이 머물고 있는 대기실로 안내를 했다.

솔직히 그녀가 성환을 위해 안내를 하기 위해 나올 필요는 없었다.

다만 다른 사람들은 트윙클이 곧 무대에 올라가야 하기에 그녀들을 꾸미기 위해 분주하게 움직이고 있어 그나만 덜 바쁜 그녀가 나온 것이다.

◈　　◈　　◈

웅성웅성.

성환이 문앞에 서자 안쪽에서 무척이나 시끄러운 소리가 들렸다.

확실히 남자 가수들이 모여 있던 곳을 지나올 때와 다르게 여자 가수들의 대기실은 들어가기 전부터 무척이나 소란스러웠다.

"좀 시끄럽죠?"

성환이 안으로 들어가지 않자 뒤에 오던 최나영이 그렇게 말을 했다.

성환을 안내하기 위해 나왔던 최나영이 성환보다 뒤에 오게 된 것은 콘서트가 벌어지고 있는 운동장 안 내부로 들어온 뒤 성환에게 트윙클이 대기하고 있는 대기실 위치를 알려 주고 자신은 멤버들과 스텝들이 먹을 간식과 음료를 사기 위해 늦게 온 때문이다.

"확실히 그렇긴 하군."

최나영의 말을 들은 성환은 자신도 모르게 작게 중얼거리며 안으로 들어갔다.

대기실은 많은 사람들이 대기를 할 수 있을 정도로 무척이나 넓었다.

그리고 대기실 한쪽에는 칸막이로 여가수들이 옷을 갈아입을 수 있는 탈의실까지 갖춰져 있었다.

아무래도 탈의실이 대기실 안 한쪽에 설치된 것은 아마도 대규모 콘서트다 보니 개인 대기실을 마련한 형편이 되지 않고, 또 그렇다고 행사를 준비하는 사람들이 많다 보니 여자 가수들의 안전이 취약해졌다.

그래서 대책이 바로 대기실 안에 여자들의 탈의실을 마련한 것이다.

물론 남자 가수들의 대기실도 비슷한 형편이다.

행사 주체가 이렇게 한 이유는 한국 가수들에 대한 열성 팬들의 난입을 막기 위한 조치다.

가끔 한국 가수들이 콘서트를 할 때면 극성스런 팬들이 그들의 쉬는 공간까지 난입해 가수를 곤란하게 만드는 일이 종종 벌어지기 때문에 이렇게 복잡한 행사를 무사히 치르기 위해선 어쩔 수 없었다.

"잘 있었냐?"

"어? 삼촌!"

성환이 트윙클이 한참 분장을 하고 있을 때, 그녀들에게 다가가 인사를 하자 그녀들은 성환을 보며 놀라 소리쳤다.

"어? 삼촌 공항에서 바로 오신 거예요?"

수영은 놀란 것도 잠시 성환이 들고 있는 가방을 보며 그가 공항에서 바로 자신들을 보기 위해 왔다는 것을 알 수 있었다.

"그래, 누군가가 너무 떨린다고 빨리 와 달라고 해서 말이다."

성환은 그렇게 말을 하며 아영을 보며 윙크를 찡끗 해 주었다.

갑작스런 성환의 윙크에 아영은 얼굴이 붉어졌다.

"어휴, 하여튼……."

사실 최나영도 성환을 마중 갔을 때, 그의 모습에 물어보고 싶었지만 그러지 못하고 조용히 성환을 안내만 했었다.

그런데 성환이 호텔을 들리지도 않고 캐리어를 끌고 이곳에 온 것이 아영의 설레발 때문이란 것을 알게 되자 자신도 모르게 고개를 흔들었다.

가끔 아영을 볼 때면 나이에 맞지 않게 엉뚱한 때가 있었다.

사업차 중국에 왔을 성환에게 전화를 해, 자신들의 콘서트를 보러 오라는 연락을 했을 줄은 꿈에도 몰랐다.

사실 M&S엔터에서 트윙클의 첫 해외 스케줄을 잡고 불안해하는 그녀들을 안심시켜 주기 위해 많은 노력을 했었다.

그리고 그중에는 성환을 콘서트장에 초청하는 것도 포함이 되었지만, 그 시기에 성환도 중국에 사업차 갈 일이 있어 어렵다는 연락을 받았다.

이때도 성환은 트윙클 멤버들을 달래기 위해 많은 이야기를 했었다.

그런데 아영이 중국에 와서 연락을 했다는 것을 알게 되자 그녀의 엉뚱함을 감당하기 어렵다는 생각에 이런 반응을 보인 것이다.

이제 10대도 지나고 20살이 된 아영인데 아직도 행동은 철부지였다.

하지만 이때 성환은 조금 이상한 기분이 들었다.

평소의 아영의 성격을 보면 자신을 보자마자 품에 뛰어들었을 것인데, 그러지 않고 조금 떨어져 부끄러워하고 있는 것이 영 이상한 기분이 들었다.

그리고 그런 분위기는 다른 트윙클 멤버들에게서도 받았다.

아영만큼은 아니지만 다른 멤버들도 정도의 차이는 있지만 모두 비슷한 성향을 보였는데, 오늘은 그렇지 않아 뭔가 어색해하는 것을 느꼈다.

"그런데 너희 무슨 일 있었냐?"

성환의 물음에 트윙클 멤버들은 모두 고개와 손을 흔들며 부정을 하였다.

"아뇨, 저희에게 무슨 일이 있겠어요."

"그래?"

"어, 정말? 너희 이사님이 오셨는데, 안 좋아?"

최나영도 그제야 아이들의 반응이 이상하다는 생각이 들었다.

평소의 행동을 보며 트윙클 멤버들이 성환을 보았을 때의 반응은 대단했다.

　친삼촌에게도 그렇게까지 하지는 않을 정도로 스스럼이 없었다.

　어떻게 보면 어린 딸이 아빠에게 응석을 부리는 것도 같고, 또 어떻게 보면 여자가 애인에게 애교를 부리는 것도 같았기 때문이다.

　좀처럼 두 가지 모습의 중간에서 줄타기를 하듯 아슬아슬한 모습을 보이던 그녀들이 오늘은 웬일인지 요조숙녀마냥 내숭을 떨고 있는 것이 보였다.

　"이것들이 오늘은 안 하던 내숭을……."

　"실장님!"

　계속되는 최나영의 놀림에 아영이 빽 하고 소리를 질렀다.

　"어머, 점점."

　하지만 그런 아영의 반응에 최나영의 반응은 이때다 싶어 계속해서 놀렸다.

　그동안 트윙클을 전담하면서 최나영이 이들에게 받았던 스트레스는 장난이 아니었다.

　어찌나 장난들이 심한지 최나영 혼자서는 감당이 되지 않았던 적이 한두 번이 아니었다.

한참 웃고 떠들고 있을 때, 어딘가를 갔다 왔는지 M&S
엔터의 사장이 이혜연이 들어왔다.

"어머! 오셨어요?"

트윙클 멤버들과 한참 이야기를 하고 있는데, 뒤에서 들
려온 목소리에 고개를 돌린 성환은 그곳에 자신을 보며 인
사를 하는 혜연을 보았다.

"아, 어디 갔다 오나 봐?"

"예, 아이들의 중국 진출에 관한 미팅이 있어 갔다 왔어
요."

굳이 말하지 않아도 될 일이지만 성환도 M&S엔터의 대
주주이다 보니 이혜연은 간단하게 자신이 자리에 없던 것을
설명했다.

"호! 애기들이 이젠 중국까지 접수하는 거야?"

성환은 혜연의 말을 듣고 트윙클을 돌아보며 그렇게 말을
했다.

이때 성환이 자신들을 보며 애기라는 말을 하자 아영이
발끈하며 소리쳤다.

"삼촌! 왜 우리가 애기예요."

"맞아요. 우리도 이젠 어엿한 숙녀라고요."

아영을 비롯해 다른 멤버들도 자신들을 어리게만 보는 성

환에게 자신들도 다 컸다는 것을 강조했다.

"하하하하!"

이제 20, 21살인 그녀들이 자신들은 다 컸다고 외치는 소리에 성환은 그만 웃고 말았다.

자신이 보기에는 아직도 한참 크려면 멀게 느껴졌는데, 자신이 어른이라고 강조를 하는 그녀들을 보면 딱 그 수준이었다.

한편 트윙클 멤버들이 성환과 대화를 하면서 평소의 모습을 찾자 혜연이나 최나영은 조금 안심이 되었다.

솔직히 그녀들도 이런 큰 무대를 경험한 게 전무하다고 할 수 있어서 속으로 긴장을 무척 많이 했다.

다만 자신들이 긴장한 모습을 보이면 트윙클은 더 불안할 것 같아 내색을 하지 않았을 따름이다.

한참 그렇게 웃고 떠들고 할 때, 드디어 트윙클이 무대에 오를 시간이 되었다.

"삼촌 다녀올게요."

"그래, 잘 하고 와라!"

"이것들아! 어떻게 사장인 나보다 이사님께 먼저 인사하는 거야? 섭섭하다."

이혜연은 성환에게 먼저 인사를 하고 나가는 트윙클의 뒤에 대고 그렇게 소리쳤다.

"언니, 다녀올게요."

"너무 떨지 말고, 평소대로만 하면 되는 거야!"

혜연은 자신에게 인사를 하는 트윙클에게 그렇게 격려를
하고 그녀들을 배웅했다.

"같이 안 가나?"

성환은 같이 나가지 않는 이혜연을 보며 물었다.

어찌 되었든 트윙클의 첫 해외 공연인데, 사장인 그녀가
함께 나가지 않고 이곳에 남아 있는 것이 의아했기 때문이
다.

그런 성환을 보며 이혜연은 차분히 설명을 했다.

"사실 제가 그런 것을 잘 못 봐요."

"응? 못 보다니?"

성환의 물음에 혜연은 처연하게 미소를 지으며 설명을 했
다.

"제가 심장이 좋지 못해서 이런 큰일에는 무리가 가서 지
켜보지 못해요."

왕년에 연기자였던 혜연이 그런 말을 하자 성환은 쉽게
이해가 가지 않았다.

심장이 좋지 못하고 긴장을 하게 되면 심장에 무리가 가

는데, 어떻게 연기는 했었는지 이해할 수가 없었다.

하지만 뭐 그런 것이야 개인 문제이니 자신이 뭐라 할 수는 없는 일이었다.

"조심해야겠군."

"예."

성환은 그저 그녀에게 조심하라는 말뿐, 다른 해 줄 말이 없었다.

그리고 혜연도 그런 성환의 말에 담담히 받아들였다.

그러면서 대기실 한쪽에 마련되어 있는 커다란 TV모니터에 시선을 주었다.

그곳에는 현재 한중 그랜트 콘서트가 방영되고 있었는데, 어떤 가수가 열심히 무대를 돌아다니며 노래를 부르고 있었다.

그리고 화면 한구석에 대기를 하고 있는 가수가 보이고 있었는데, 그 너머로 트윙클 멤버들이 대기를 하고 있는 모습이 언뜻 비쳤다.

◈　　◈　　◈

"자자, 건배!"

뭐가 그리 좋은지 아영은 잔을 높이 들고 건배를 외쳤다.

자리에 모인 사람들의 잔에는 하얀 기포가 올라오는 샴페인이 들려 있었다.

아마도 첫 해외공연을 실수 없이 무사히 마친 것에 대한 축하하는 것 같았다.

지금 아영을 비롯한 트윙클 멤버들은 누구나 할 것 없이 오늘 공연을 무사히 마친 일에 들떠 얼굴이 붉게 상기되어 있었다.

"기분 좋은 것은 알겠는데, 적당히 마시고 오늘은 피곤할 테니 올라가서 일찍 쉬어라!"

"아니에요. 어떻게 이렇게 좋은 날에 그냥 들어가서 쉬어요. 좀 더 놀아요, 네?"

아영은 오랜만에 본 성환으로 인해 들떠, 쉬라는 말에 떼를 섰다.

하지만 그래서는 안 된다.

현재 트윙클 멤버들 본인들은 모르겠지만 무척이나 지친 상태였다.

그녀들 못지않게 이번 공연에 신경을 쓴 스텝들도 지치긴 매한가지였다.

그것을 파악한 성환이기에 더 놀려는 아영을 달래며 숙소로 들여보내기로 했다.

"삼촌도 피곤해서 일찍 들어가야 하는데, 더 놀려고?"

성환은 자신을 핑계로 들어가자는 말을 하였다.

그런 성환의 말에 아영은 아쉽다는 표정을 하며 말했다.

"네……."

성환이 아영을 달래고 있을 때, 한쪽에 있던 이혜연은 전화 통화를 하고 있었다.

"네, 마침 제가 지금 숙소인 황룡호텔 지하에 있는 클럽에 있으니 금방 찾아뵙겠습니다."

누군가 만나러 가야 하는 거 같았다.

하지만 수화기 너머에서 상대방이 찾아오기로 한 것인지 다른 말을 하였다.

"이쪽으로 오시겠다고요? 예, 그럼 기다리겠습니다."

"누군가?"

"아, 아까 낮에 아이들 중국 진출에 관해 업무 협약을 논의하던 중국 측 업체 대표예요."

성환은 조금 전 통화하는 사람이 누군지 물어보았다.

이 늦은 시간에 중국에 있는 이혜연과 통화를 하는 사람이 궁금해진 때문이다.

그런데 그녀의 말이 낮에 만난 중국 기획사 대표라는 말에 인상이 구겨졌다.

지금 시간이 업무를 협약을 위해 만나기엔 너무 늦은 시각이기 때문에 상대의 의도가 의심이 되었기 때문이다.

뭔가 이상한 느낌에 성환은 잠시 뭔가 생각을 했다.

'흠, 이런 시각에 만나자는 것이 좀 이상하군! 더욱이 장소도 그렇고.'

생각을 하며 성환은 주변을 둘러보았다.

한국의 90년대 나이트클럽을 보는 듯 무척이나 요란한 사이키조명이 현란하게 돌아가고, 빠른 비트의 시끄러운 음악이 흘러나와 사람을 흥분시키고 있었다.

주변을 둘러본 성환은 아무래도 상대가 좋은 의도로 이혜연을 만나러 오는 것은 아니란 생각이 들었다.

굳이 사업적인 이야기를 하려면 이 시간이 아닌 내일 날이 밝았을 때 해도 충분하리라.

이런 늦은 시간에 큰 공연으로 피곤할 그녀를 찾아올 이유가 없는 것이다.

그렇다고 자신의 생각이 이러니 이혜연에게 마나지 말라는 말을 할 수도 없는 일.

비록 자신이 M&S엔터의 대주주라고는 하지만 업무는 사장인 이혜연의 분야였다.

성환의 말 때문에 이미 자리는 파장의 분위기였다.

그 때문에 이혜연은 사람들이 자리에서 일어나는 데도 조금 뒤 올 사업 파트너를 위해 자리를 뜰 수가 없었다.

"먼저 올라가 쉬세요."

"이 사장도 피곤할 테니 웬만하면 내일 날이 밝은 뒤 하고, 그들을 일찍 보내고 쉬시오."

"알겠어요."

걱정이 된 성환의 말에 혜연도 대답을 했다.

사실 성환이 말을 하지 않더라도 현재 무척이나 피곤했다.

조금 전까지는 몰랐지만 성환이 조근 전 피곤할 거라는 말을 꺼내기 무섭게 피로가 몰려왔다.

정말로 조금 전 통화만 아니라면 자신도 올라가 쉬고 싶었다.

하지만 이미 약속을 했으니 일단 만나는 봐야 했다.

그 때문에 억지로 감기려는 눈을 부릅뜨고 트윙클과 스텝들을 먼저 올려 보냈다.

◆　　◆　　◆

황룡호텔은 포동에 있는 황룡빌딩 안에 자리 잡고 있는데, 이 빌딩은 상해에서도 열 번째 안에 들어가는 초고층 빌딩이었다.

이 안에 자리 잡은 황룡호텔은 빌딩의 85층부터 108층까지 사용을 하고 있었다.

호텔 안에는 헬스 클럽과 수영장 등 각종 편의 시설이 모두 갖춰져 있으며, 호텔 등급으로는 오 성급의 등급을 가진 일류 호텔이었다.

사실 트윙클이나 M&S엔터의 능력으로는 조금 과한 감이 있는 숙소였다.

하지만 첫 해외 공연이다 보니 조금은 무리를 해 숙소를 잡았다.

물론 성환은 양명이 미리 손을 써 놓은 터라 쉽게 방을 잡을 수 있었다.

트윙클과 스텝들이 일반 객실인 반면 성환은 양명이 예약하는 바람에 스위트룸을 사용하게 되었다.

층이 다르다 보니 트윙클과 스텝들은 먼저 내렸고, 성환은 그들을 2개 층을 더 올라가야했다.

자신의 방에 들어온 성환은 들어오자마자 하루의 피로를 씻기 위해 샤워를 했다.

7월이라 그런지 무척이나 후덥지근한 날씨로 인해 속옷이 다 축축해 샤워를 마치고 가운을 걸친 다음 차가운 생수를 들고 목을 축였다.

고층이라 창문을 열고 바람을 맞고 있으니 낮의 열기는 사라지고 무척이나 시원한 바람이 불었다.

"흠, 좋군!"

역시 에어컨 바람보다는 이렇게 창문을 열고 맞는 자연의 바람이 더 시원함을 느꼈다.

한동안 시원한 바람을 맞으며 바람의 기운을 만끽하던 성환은 조금 전 이혜연의 통화가 생각이 났다.

"음, 돌아왔을까?"

성환은 알 수 없는 이상한 느낌에 혜연에게 전화를 걸어 보았다.

그런데 신호는 가는데, 전화를 받지 않았다.

한참을 기다려도 응답이 없자 뭔가 잘못되었다는 생각이 들었다.

'일이 생겼군!'

분명 무슨 일이 발생한 것이 분명했다.

성환은 망설이지 않고 옷을 갈아입고 건물 지하에 있는 클럽으로 향했다.

아까 자신들이 있던 자리에 혜연의 모습이 보이지 않았다.

그곳은 자리가 끝났는지 술병들이 웨이터에 의해 치워지고 있었다.

성환은 얼른 웨이터에 다가가 물었다.

"헤이!"

"예. 손님! 볼일이 남으셨나요?"

성환의 부름에 웨이터는 얼른 미소를 지으며 인사를 했다.

그런 웨이터의 모습에 성환은 이 자리에 있던 사람들의 행방을 물었다.

"여기 있던 여자 어디로 갔는지 아나?"

웨이터는 성환이 혜연의 행방을 물어 오자 엄청 당황하기 시작했다.

그런 웨이터의 모습에 자신의 예상이 맞았다는 것을 깨달았다.

'이 사장의 행방에 대해 알고 있군!'

성환이 웨이터에게서 뭔가 눈치채고 있을 때, 웨이터는 성환의 물음에 혜연이 방으로 올라갔다는 말을 했다.

"그, 그분은 자리가 끝나고 숙소로 올라가셨습니다."

웨이터의 말에 성환은 표정을 바꾸며 차가운 말투로 말했다.

"내가 확인하고 오는 길이다. 좋게 말할 때 그녀가 어디로 갔는지 말해라! 그렇지 않으면 결코 이 일을 좌시하지 않겠다."

너무도 차가운 성환의 말에 웨이터는 긴장을 했다.

서빙을 하면서 이 자리에 있던 여자가 한국인이라는 것을 알지만, 그녀가 만난 사람이 이 지역의 장악하고 있는 삼합회 간부란 것을 알고 있기에 선뜻 말을 하지 못했다.

괜히 그 이야기를 했다가 어떤 일을 당할지 모르기 때문에 보고도 모른 척 하는 것이다.

더욱이 그 남자와 함께 나간 여자가 자신의 애인도 아니고, 예쁘게 생긴 외국인이지 않은가?

그러니 괜히 그 일에 관여하기보다는 자신은 관계없다는 것을 알릴뿐이다.

"전 모르는 일입니다. 그 손님은 자리가 파하자 밖으로 나갔습니다."

계속되는 웨이터의 모르쇠로 일관하자 살짝 살기를 띠워 협박을 하듯 물었다.

"다시 한 번 물어보지. 그럼 그녀가 만난 사람이 누구지?

모른다는 말을 하지는 말아라! 네 표정을 보면 이미 그가 누군지 알고 있다고 말하고 있다. 그러니 쓸데없이 시간을 끌어 내 분노를 사려고 하지 마라!"

성환의 말에 웨이터는 비명을 지를 것 같은 표정을 지었다.

한편 주변에 있던 웨이터들은 이곳 분위기가 좋지 않다는 것을 깨닫고 성환이 있는 곳으로 모여들기 시작했다.

하지만 성환은 그들이 그러거나 말거나 웨이터의 눈만 주시하였다.

◆　　◆　　◆

해룡방 서열 5위 권해룡은 기분이 무척이나 좋았다.

자신의 옆에 정신을 잃고 쓰러져 있는 여자의 얼굴을 보니 절로 음심이 돌았다.

올해 나이 52살인 그는 다년간 달련한 무술로 인해 아직도 30대에 버금가는 탄탄한 몸매를 가지고 있었다.

상해 동부를 장악한 해룡방의 두목 중 한 명이고, 또 그가 하는 일이 단순한 조폭 수준이 아닌 해룡방에서 자금 세탁을 하기 위해 만든 연예기획사 사장으로 있다 보니 많은 미녀들을 만난다.

예부터 영웅호색이라는 말을 신봉하는 권해룡은 여자를 무척이나 좋아했다.

중국 미녀는 물론, 사업을 하면서 마음에 드는 여자들은 어떻게 해서든 품에 안았다.

지금도 마찬가지.

우연히 협력 사업을 하기 위해 들린 이혜연을 보게 되었다.

한눈에 반한 그는 이혜연을 상대로 동한 음심을 채우기 위해 그녀에 대해 조사를 해 보았다.

해룡방의 정보 능력은 상당해, 이혜연의 신상은 금방 알 수 있었다.

결혼을 했지만 현재 남편은 죽고 과부라는 것을 알게 되었다.

뿐만 아니라 그녀의 슬하에 어린 딸이 하나 있는데, 정상이 아니란 것과, 현재 그녀가 사장으로 있는 연예기획사가 이제 겨우 중간 규모의 작은 회사라는 것도 알아냈다.

이혜연에 관해 알게 되자 권해룡은 업무 협약이란 말로 꼬여 자리를 마련했다.

피곤해 내일 이야기하자는 말을 돌리며 그녀에게 계속해

서 술을 먹었다.

그 과정에서 자신의 의도를 알았는지 자꾸만 빼려는 그녀를 더 이상 참지 못하고 몰래 약을 먹여 방으로 데려왔다.

물론 자신이 직접 약을 먹인 것이 아니라 웨이터를 시켜 그녀가 마실 물에 약을 탔다.

자꾸만 권하는 술을 거부하던 이혜연에게 물이라도 마시면서 이야기를 하자며 꼬셨는데, 그게 통한 것이다.

그래서 이혜연이 약이 든 물을 먹고 기절하니, 모든 일은 끝난 것이나 다름이 없었다.

어차피 쌀은 익어 밥이 되어 버렸고, 또 과부라니 어차피 강물에 배 띄운다고 흔적이 남는 것도 아니지 않은가?

다른 여자들처럼 자신을 겪고 나면 자신을 떠나지 못할 것이란 자신감까지 있었다.

권해룡에게 이런 경험은 무척이나 많았기 때문에 일이 끝나고 난 다음은 그리 걱정하지 않았다.

어차피 그녀가 할 수 있는 일은 아무것도 없었다.

만약 말을 듣지 않는다면 그녀의 딸도 납치해 협박을 하면 되는 것이니까.

그렇게 권해룡은 침대에 쓰러져 정신을 잃은 이혜연을 보며 미소를 지었다.

"그러고 보니 이 여자의 밑에 있는 그 애들도 꽤 괜찮아 보이던데……."

권해룡은 이혜연을 보며 오늘 낮에 보았던 M&S엔터 소속 가수인 트윙클을 생각했다.

한국 아이돌 가수들이 중국에서 공연을 하는 것에 관한 계약을 하기 위해 시작한 일이었다. 그러던 중 우연히 이혜연을 보고 자신이 직접 뛰어들었다.

오늘 이혜연이 활동할 가수가 누군지 사진과 무대에서 노래를 부르는 것을 보여 주었을 때 이혜연에게 느꼈던 감정과 또 다른 의미로 그의 심장을 자극했다.

그녀들을 보며 한국은 참으로 미녀가 많은 나라라 생각했다.

이전에도 한국 출신 연예인을 초청해서 품은 적이 있었다.

그때도 권해룡은 무척이나 마음에 들어 그녀가 중국에서 활동할 때 뒤에서 도움을 주고 생각이 날 때면 불러 같이 하룻밤을 함께 보냈다.

아무튼 조금 뒤면 지금까지 자신이 만났던 그 어떤 미녀보다 자신을 두근거리게 했던 이혜연을 안을 수 있다는 생각에 생각만으로 하초가 불끈 솟았다.

"헤헤, 미녀를 품는데, 그렇다고 격식 없이 품을 수는 없는 것이지."

그렇게 중얼거린 권해룡은 일단 이혜연을 정복하기 전에 먼저 샤워를 하기로 했다.

목욕재계를 하고 경건한 마음으로 의식을 치루듯 이혜연을 안을 생각이다.

그만큼 이혜연은 그런 대우를 받을 자격이 있었다.

한편 이혜연은 자신이 어떤 상황에 처해 있는지도 모르고 약에 취해 잠들어 있었다.

6.
이혜연의 위기

제갈궁은 성환이 회식을 마치고 호텔로 올라가는 것을 끝까지 지켜보았다.

'이제 올라가는군!'

성환이 일행이 이혜연만 남기고 클럽을 나가는 것을 지켜보다 상부에 보고를 하기 위해 자리를 떠났다.

클럽을 나가면서도 웬일인지 이혜연의 얼굴을 한번 살피고 나갔다.

왜 그런 느낌을 받았는지 모르겠지만 제갈궁은 그녀로 인해 뭔가 자신이 귀찮아질 것만 같은 느낌을 받았다.

"저 여자도 패왕과 연관이 있는 것 같으니 감시해!"

제갈궁은 보고를 하기 위해 나가면서 자신의 부관에게 그렇게 지시하고 나갔다.

참으로 공교롭게도 그런 제갈궁의 예상은 얼마 지나지 않아 벌어졌다.

왠지 신경이 쓰이는 이혜연을 부관에게 맡긴 후 나가고 얼마 지나지 않아 이혜연은 권해롱에 의해 정신을 잃고 그의 부축을 받고 클럽을 나갔다.

◆　　◆　　◆

"이게 어떻게 된 일이야!"

제갈궁은 자신이 잠시 보고를 하고 돌아온 클럽에 호텔로 올라갔던 성환이 있자 부관에게 물었다.

"일행이던 그 여자가 오지 않자 찾으러 온 것 같습니다."

주유한은 얼른 상관인 제갈궁의 물음에 대답을 했다.

부관의 이야기를 들은 제갈궁은 이혜연의 행방을 물었다.

"그럼 내가 감시하라던 여자는 어디로 간 거야!"

"어떤 남자와 함께 이야기를 하며 술을 한잔하고는 정신을 잃고……."

"이런, 넌 그것을 그냥 보고만 있었다는 말이야!"

제갈궁은 지금 미치고 팔짝 뛸듯 부관에게 화를 냈다.

패왕이라 명명된 성환에 관해서 그와 연관된 인물을 감시하는 중에 관계자가 누군가에게 납치가 되는 것을 그냥 두고 보기만 했다는 말에 제갈궁은 정신이 아늑해졌다.

다른 사람들은 어떻게 판단할지 모르지만 제갈궁이 판단하기에 패왕은 절대로 적이라고 판단되는 자에게는 사정을 봐주지 않은 것으로 판단이 되었다.

만약 그에게 인정이란 것이 있었다면 서호에서 절대로 그렇게 사람들을 죽이지 않았을 것이기 때문이다.

아직도 가끔 그날 보았던 장면이 꿈에 보일 정도로 제갈궁의 뇌리에 강력하게 심어졌다.

그런데 자신이 판단하기에 자신의 측근이 납치가 되었는데, 그가 가만있을 것으로 보이지 않았다.

더욱이 자신이 보기에 분명 패왕과 그 여자는 깊은 관계가 있을 것이란 판단이었다.

자신의 상관들은 패왕을 그저 보통 사람 이상 정도로만 생각하고 있었다.

그렇기에 패왕보다는 그의 뒤에 도사리고 있는 소림 파벌의 눈치를 보고 있는 것이다.

하지만 제갈궁은 차라리 그들은 정치적으로 협상의 여지

가 있지만 패왕은 아니었다.

더욱이 그는 외국인.

자신에게 불이익이 간다면 뒤를 볼 필요가 없다.

일단 저지르면 어떻게 막을 것인가?

언터처블이다. 도저히 건들일 수 없는 존재가 바로 패왕.

배경도 배경이지만 그가 무력을 쓰면 막을 방법이 없는데, 상부에서는 그를 감시하고 그가 사건을 일으키면 일단 붙잡아 추방을 시킨다는 계획을 하고 있다.

사실 제갈궁이 감시를 하는 목적은 상부의 지시를 따르는 것보단 자신의 판단으로 사전에 성환이 사고칠 일을 만들지 않게 처리하려는 마음이 주목적이었다.

그런데 그런 자신의 뜻도 헤아리지 못하고 그저 감시하라는 여자가 납치되는 것을 말 그대로 지켜만 봤다는 말에 하늘이 노랗게 변했다.

앞으로 패왕이 어떤 반응을 보일지 그의 머릿속에 그려졌다.

서호의 일이 이곳 상해에서 재현될지도 몰랐다.

그런 영상이 머릿속에 떠오르자 제갈궁은 자신도 모르게 몸을 떨었다.

"제갈궁 경감님, 혹시 제가 실수라도……."

주유한은 제갈궁의 반응에 기어 들어가는 말투로 묻다가 입을 닫았다.

　질문을 하는 자신을 죽일 듯 노려보는 제갈궁을 눈빛을 봤기 때문이다.

　"여자와 같이 나간 자가 누군지 알아와!"

　제갈궁은 주유한에게 고함을 지르며 명령했다.

　그런 제갈궁의 명령에 들을 유한은 얼른 밖으로 나갔다.

　그렇다고 멀리 간 것도 아니었다.

　주유한이 간 곳은 클럽 입구에 서 있는 또 다른 웨이터에게 갔다.

　제갈궁은 그런 유한의 모습을 지켜보다 성환에게 시선을 던졌다.

　성환을 쳐다보면서도 주유한이 뭔가를 알아 올 동안 아무 일도 일어나지 않기만을 바랐다.

◈　　◈　　◈

　한편 자신의 질문에 모르쇠로만 응대하는 웨이터의 모습에 짜증이 나기 시작한 성환은 자신도 모르게 내공을 운용하여 기운을 키웠다.

갑자기 성환에게서 풍기던 기운이 달라지자 성환의 앞에 있던 웨이터가 당황했다.

황룡 나이트클럽의 웨이터인 원표는 참으로 난감한 상황에 빠졌다.

상해 포동에서 가장 잘나가는 클럽의 2급 웨이터로 자신의 직업에 매우 만족하며 살고 있다.

오늘도 해룡방의 용두―두목― 중 한 명인 권해룡이 돈을 찔러 주며 여자가 마실 물에 약을 타라는 지시를 했다.

사실 그런 일은 아주 흔히 있는 일이기에 별다른 생각 없이 그의 부탁을 들어주었다.

솔직히 그의 부탁을 들어주지 않았다가는 보복이 두렵기도 했기에 그런 말이 떨어지기 무섭게 준비된 약을 물 컵에 탔다.

무색무미무취의 최고급 환각제로써 1병에 500위안이나 하는 고급품이었다.

하지만 권해룡에게서 받은 수고비는 그것의 10배인 5천 위안.

그러니 망설일 것도 없었다.

웨이터인 원표의 주 수입이 바로 이런 일을 해 주고 받는 수고비였다.

오늘도 한 건 하고 느긋하게 자리를 정리하고 있었다.

그런데 자신이 약을 먹인 여자의 일행인 사람이 찾아와 여자의 행방을 물어 온 것이다.

이런 일을 여러 번 경험한 것이기에 아무런 내색 없이 모른다고 말을 하였다.

그렇지만 자신의 말을 들은 남자는 자신의 말을 믿지 않았다.

어떻게 안 것인지는 모르지만 자신이 거짓말을 하고 있는 것을 확신하고 있었다.

하지만 절대로 말을 할 수는 없다.

만약 말을 했다가는 자신은 더 이상 살아남을 수 없을 것이니까.

아니, 자신뿐 아니라 어쩌면 자신의 가족들까지 무사하지 못할지도 모르는 일인데 절대로 말해 줄 수 없었다.

"전 모르는 일입니다."

하지만 원표는 말을 하면서 자신이 실수를 했다는 것을 깨닫지 못했다.

원표는 처음 말한 것처럼 끝까지 이혜연이 호텔로 올라가는 것을 보았다고만 말을 했어야 했다.

그렇지만 기세를 올린 성환으로 인해 당황한 나머지 자신은 모르는 일이라고 말을 해 버린 것이다.

행방을 알지 못한다와 모르는 일이란 말은 엄연히 다른 말이다.

뭔가 사건이 있지만 자세히 모른다는 것을 뜻하니까.

그리고 그 말에서 성환은 원표가 이혜연의 실종과 연관이 있음을 눈치챌 수 있었다.

"거짓을 말하고 있군! 내가 우습게 보이나!"

성환은 참지 않고 그대로 멱살을 잡고 그를 들어 올렸다.

그런 성환의 모습에 조금 전서부터 성환과 원표의 이상한 분위기에 그 둘을 주시하고 있던 다른 웨이터들이 그들의 주변으로 모여들기 시작했다.

그런데 그들보다 조금 더 빠르게 움직인 사람이 있었다.

"잠깐!"

웨이터들 보다 먼저 움직인 사람은 다름 아닌 제갈궁이었다.

제갈궁은 성환을 계속해서 주시하고 있다, 성환이 이야기하고 있던 웨이터를 한 손으로 들어 올리자 얼른 그 속으로 뛰어들었다.

자신이 지체했다가는 성환의 손에 들린 웨이터가 산산조각으로 찢기는 모습을 볼지도 모르기 때문이다.

아니, 제갈궁은 그렇게 예상을 했기에 그것을 막기 위해 전력으로 뛰어든 것이다.

한편 언젠가부터 자신의 주변에 누군가 감시의 눈길을 보내고 있다는 것을 알고 있는 성환은 드디어 그자가 나타났다는 것을 깨달았다.

사실 성환은 항주 공항에서부터 누군가 자신을 감시하고 있다는 것을 알았다.

다만 그 정체를 파악할 수가 없어 그저 귀찮아 신경을 끄고 상해로 왔다.

그런데 저녁을 먹고 M&S엔터 관계자들과 함께 뒤풀이를 하고 있을 때, 드디어 감시하는 자들이 누군지 알게 되었다.

물론 중국에서 자신을 감시하는 자들의 정체는 알지 못했지만 이곳 클럽에서 자신을 주시하고 있는 시선의 주인공들의 얼굴을 확인할 수는 있었다.

성환이 생각하기에 자신을 주시하는 자들은 아마도 소림이나 아니면 금련방과 연관이 있는 자들일 것이란 짐작을 했다.

자신이 중국에서 관계를 맺은 곳이 소림사와 금련방뿐이그 둘 중 한 곳이라 짐작한 것이다.

하지만 이것은 성환이 자신이 벌인 일이 얼마나 큰일이었는지 생각지 못한 것에서 발생한 오류였다.

설마 자신을 감시하는 곳이 중국의 법질서를 책임지고 있는 공안. 그중에서도 특수한 목적으로 구성된 특수부의 엘리트들로만 이루어졌다는 것은 알지 못했다.

그저 작은 내공을 가지고 있는 중국에 몇 안 되는 기공 수련자란 것에 잠시 흥미가 가긴 했지만 그뿐이었다.

자신의 밑에 있는 KSS경호의 말단 경호원들보다 못한 능력치를 보이고 있기에 굳이 신경을 쓰지 않아도 되었다.

굳이 자신을 감시하고 있는 자의 능력이라면 갓 소림 내원 제자로 들어온 사람이나, 아니면 금련방의 무력대 중에서 방주 직속 금황대 정도의 능력을 보이고 있었기 때문이다.

그것도 성환이 그들의 수련을 도와주기 전의 수준 정도였다.

그러니 M&S엔터의 식구들과 함께 있을 때 자신을 감시하는 것에 신경을 쓰지 않은 것이다.

그런데 이혜연이 행방이 묘연한 이때, 그들의 도움을 받는다면 쉽게 찾을 수 있을 것이란 생각에 이렇게 나서지 않는 그들을 불러내기 위해 웨이터를 위협한 것이다.

그래도 자신이 소림사의 어른인데 자신 모르게 자신을 수행하게 한 것이라면 이럴 때 나서서 자신의 귀찮음을 해결해 줄 것이란 생각이 밑에 깔린 행동이다.

그들이 소림사의 제자가 아니어도 상관이 없었다.

소림 아니면 금련방일 테니 둘 중 한 곳이라도 자신의 부탁을 들어줄 터.

성환은 속으로 자신의 앞에 나선 인물이 소림사의 제자가 아닌 금련방의 사람이길 바랐다.

어찌 되었든 이런 일에는 소림사보다는 금련방의 사람이 더 잘 알 것이란 계산 때문이다.

더욱이 상해와 금련방의 본거지가 있는 항주는 거리도 가깝고 하니 분명 이곳에도 금련방의 지부가 있을 것이란 예상을 하고 자신에게 다가온 이가 금련방의 인물이길 기대했다.

하지만 곧 그 바람은 수포로 돌아갔다.

아니, 자신에게 다가온 자가 공안이란 것에 조금 당황하기도 했다.

"잠시만 멈춰 주십시오, 공안입니다."

제갈궁은 웨이터의 멱살을 잡고 있는 성환에게 잠시 부탁하며 자신의 신분을 알렸다.

성환은 자신을 제지한 사람이 공안이고 또 그가 항주에서부터 자신을 감시하고 있던 사람이란 것을 깨닫고 놀랐다.

'아니, 공안이 뭐 때문에 날 감시하는 거지? 설마 금련방에서 벌인 일을 알고 있나?'

도둑이 제 발 저리다고, 성환은 제갈궁이 자신의 신분을 공안이라고 말을 하자 낯빛이 변하며 그리 생각했다.

한편 갑자기 멱살이 잡혔던 원표는 호리호리한 체형인 성환이 자신을 한 손으로 들어 올리자 깜짝 놀랐었다.

어쩌면 자신을 들어 올린 남자가 권해룡과 같은 흑사회에 속한 사람은 아닌가? 하는 생각을 하게 되었다.

가끔 흑사회의 히트맨 중에 성환과 같이 기공을 익혀, 보기보다 힘이 장사인 사람들이 있다는 말을 들었기 때문이다.

그 때문에 두려움에 빠지려고 할 때, 느닷없이 공안이 나타난 것이다.

공안이 나타났다는 것은 자신이 살았다는 것을 뜻한다.

그에 안심을 하던 원표는 다시 한 번 놀랐다.

눈앞의 남자가 누구이기에 나는 새도 떨어뜨린다는 공안이 조심하는 보습을 보이고 있기 때문이다.

'도대체 이 사람이 누구기에 공안이…….'

원표의 생각은 계속되지 못했다.

"이 자리에 있던 여성과 함께 나간 자가 누구냐!"

그를 구해 줬던 제갈궁이 그를 노려보듯 매서운 눈으로 쳐다보며 물어보았기 때문이다.

제갈궁의 질문을 받은 원표는 당황을 했지만 얼른 대답을 했다.

해룡방이 무섭긴 하지만 공안도 무섭긴 마찬가지다.

더욱이 그런 공안이 조심하는 눈앞의 남자는 어쩌면 공산당 고위직 이거나 고위직의 아들일 수 있었다.

생각을 해 보니 이 자리에서 파티를 하던 여자들이 한국인이란 것을 알고 있었다.

그리고 자신이 담당하고 있었기에 시중을 들면서 언뜻 듣기로 오늘 공연을 했다고 한 것을 보니 아마도 오늘 있었던 한중 그랜드 콘서트에 출연한 한류스타란 생각이 들었다.

거기까지 생각이 되자 원표의 머릿속에 많은 것이 그려졌다.

'아! 그 여자들은 이 사람이 노리던 여자였구나!'

원표는 성환을 공산당 고위직 아들로 착각하고 또 성환과 함께 조금 전 뒤풀이를 하던 이혜연이나 최나영 그리고 트윙클을 성환의 하룻밤 놀이 상대로 착각을 했던 것이다.

한류 스타를 비싼 돈으로 화대를 지불했는데, 중간에 해룡방 용두인 권해룡이 가로챘으니 화를 낸 것이라 생각했다.

물론 그건 원표의 착각이지만 말이다.

아무튼 원표의 오해를 뒤로하고 제갈궁의 추궁에 원표는 얼른 정신을 차리고 조금 전에 있었던 일에 대하여 말을 했다.

"제가 말했다고 하면 안 됩니다. 만약 그게 알려지면 저는 물론이고 제 가족들까지 모두 동해 물고기 밥이 될 겁니다."

원표의 말에 제갈궁은 눈살을 찌푸렸다.

겨우 자기 목숨을 걱정하는 원표의 모습이 너무도 가소롭기 때문이다.

지금 자기 입에 몇 사람의 목숨이 왔다 갔다 하는지도 모르고 제 살 궁리를 하고 있으니 참으로 우스웠다.

제갈궁은 옆에 있는 성환이 듣지 못하게 작은 목소리로 윽박질렀다.

"지금 네놈 때문에 몇 사람의 목숨이 위태로운 것인지 아나! 얼른 대답하지 못해!"

옆에서 그 목소리를 들은 성환은 그저 조용히 두 사람이 하는 이야기를 듣고 있었다.

분위기를 보니 지금은 자신이 나설 때가 아니란 것을 잘 알기 때문이다.

자신이 나서지 않아도 무엇 때문이지 자신의 앞에 있는 공안이 자신을 어려워하며 자신의 일을 적극적으로 나서서 해결을 하려고 하고 있으니 자신은 지금 그저 그가 하는 것을 지켜보기만 하면 되는 일이다.

한편 제갈궁의 말에 원표는 얼른 대답을 했다.

"해룡방의 5두령인 권해룡 용두가 데려갔습니다."

"해룡방? 권해룡?"

"예, 그가 약을 먹여 그녀를 호텔로 데려갔습니다."

성환은 원표가 하는 이야기를 차분히 듣고 있다가 이혜연이 권해룡이란 자의 계략에 빠져 납치 되었다는 것을 알게 되자 눈에서 불꽃이 띄었다.

"뭐야!"

우당탕탕!

성환의 갑작스런 고함 소리에 주변에 있던 사람들이 깜짝 놀라 튕겨 나가듯 나동그라졌다.

성환의 고함 소리에 놀란 것은 그 앞에 있던 제갈궁도 마찬가지였다.

설마 성환이 이렇게 갑자기 소리를 칠 줄은 그도 몰랐기 때문이다.

'이거 그 여자가 패왕과 단순한 일행만은 아닌 것이 확실하다.'

자신의 예상대로 성환과 이혜연이 단순한 관계가 아니라 생각한 제갈궁은 더욱 마음이 급해졌다.

정말로 자신이 상상한 참사가 이곳에서 벌어질지도 모른다고 생각했기 때문이다.

"유한! 어떻게 됐어?"

급한 마음에 이혜연과 함께 했던 남자의 정체를 알아 오라 말했던 제갈궁은 부관인 주유한을 찾았다.

그런 제갈궁의 부름에 주유한은 얼른 대답을 했다.

다년간 제갈궁을 보좌하다 보니 지금 그가 어떤 질문을 하는 것인지 알고 대답을 한 것이다.

"권해룡은 현재 황룡호텔 스위트룸 8903호에 투숙하고 있습니다."

주유한의 말이 끝나기 무섭게 그 자리에 성환이 사라졌다.

한편 갑자기 사람이 사라지자 원표는 눈을 껌벅거렸다.

'어떻게? 어떻게 사람이 순식간에 사라질 수가 있지?'

공산당 고위간부 아들이라고만 생각했던 남자가 귀신처럼 자신이 보는 앞에서 순식간에 사라지가 도저히 믿을 수가 없었다.

자신이 지금 허깨비를 본 것은 아닌지 놀란 눈으로 조금 전까지 자신을 윽박지르던 제갈궁을 쳐다보았다.

그런데 제갈궁의 반응이 원표를 더욱 당황하게 만들었다.

"뭐해! 어서 쫓지 않고!"

자신은 보지도 않고 사라진 성환의 자리만 넋 놓고 보고 있는 자신의 부관에게 소리치는 제갈궁의 모습에서 자신이 모르는 큰 비밀이 있다는 것을 깨달은 원표는 점점 두려워지기 시작했다.

정부의 비밀을 알았다가 소리 소문 없이 사라진 사람의 이야기를 많이 들어 봤기 때문이다.

그런 원표의 생각을 읽었는지 자신의 부관에게 고함치던 제갈궁은 고개를 돌려 원표에게 경고를 했다.

"넌, 아무것도 본 적이 없다. 오늘 이곳에서는 아무런 일도 없었던 것이다. 알겠나?"

"알겠습니다. 아무 일도 없었습니다."

원표는 지금 제갈궁이 무슨 말을 하는 것인지 금방 깨닫고 그의 뜻대로 대답을 했다.

사실 주변에 웨이터들이 없었다면 원표는 살아남을 수 없었을지도 몰랐다.

현재 성환에 관한 사항은 극비 중의 극비였다.

그런데 일개 웨이터가 알게 되었으니 문제가 심각했다.

하지만 원표를 죽일 수도 없었다.

성환을 본 사람은 너무도 많았기 때문이다.

그렇기에 이렇게 아무 일도 없었다는 다짐을 받고 일을 마무리 하려는 것이다.

◈　　◈　　◈

권해룡은 약에 취해 쓰러져 있는 이혜연을 덮치기 전 그녀를 깨우기 위해 준비했던 약병을 꺼냈다.

그런데 이때 밖에서 무언가 부딪치는 소리가 들려왔다.

우당탕탕!

조금 뒷면 눈부신 미녀를 품에 안을 것을 고대하며 입맛을 다시고 있던 권해룡은 갑자기 들린 소란으로 저절로 눈살이 찌푸려졌다.

"무슨 일이야!"

거사를 치르기 전 방해를 받다 보니 말이 결코 좋게 나가지 않고 신경질적인 큰소리가 나갔다.

자신이 불렀는데 밖에서 아무런 대답이 들려오지 않자 더욱 화가 난 권해룡은 옆에 벗어 둔 가운을 몸에 걸치고 복도로 나갔다.

하지만 권해룡은 그 뜻을 이루지 못하고 복도로 나가던 것보다 더 빠르게 방 안으로 들어올 수밖에 없었다.

휙! 쿵! 철퍼덕!

"누, 누구야!"

복도로 나가다 갑작스러운 기습을 당해 안으로 밀려들어온 권해룡은 그래도 해룡방의 중간 두목 자리를 그냥 얻은 것이 아니라고 증명이라도 하듯 기습 후에도 정신을 놓지 않고 얼른 자세를 바로하고 소리쳤다.

더 이상 기습을 당하지 않겠다는 듯 두 주먹을 불끈 쥐고 자세를 한껏 잡았다.

그런 권해룡의 앞에 성환이 천천히 걸어왔다.

권해룡을 향해 걸어가는 성환의 뒤에는 불안한 눈으로 제갈궁이 성환의 등을 쳐다보고 있었다.

제발 큰 사고만 없기를 바랐다.

아니, 그냥 저자만으로 끝나길 기도했다는 것이 맞았다.

공안 상부에서는 제갈궁에게 성환을 감시하다 꼬투리를

잡아 추방을 시키려고 하지만, 제갈궁의 생각은 달랐다.

성환이 벌인 일을 직접 목격한 그는 그저 자신이 보내 준 테이프만 보고 성환을 판단하고 감시를 하라고 한 상부의 명령에 답답함을 느끼고 있었다.

어려서부터 감이 좋았던 제갈궁은 사건의 본질을 잘 파악을 했다.

그래서 집안에서도 방계혈족인 그를 공안에 집어넣었다.

그런 그가 판단하기에 성환은 사고를 칠 때까지 기다렸다가 일을 해결하려고 하면 안 되는 사람이었다.

제갈궁의 도움으로 이혜연이 납치된 곳을 찾아낸 성환은 이혜연이 끌려갔다는 호텔 스위트룸이 있는 89층에 올라왔다.

그리고 그녀가 있는 방으로 들어가려 하자 자신을 막아선 해룡방의 똘마니들을 간단하게 처리하고 문을 강제로 부수고 들어갔다.

방으로 들어간 성환은 일단 방 안을 살폈다.

방 안을 살피던 성환의 눈에 침대 위에 벌거벗은 이혜연의 모습이 보였다.

'음'

이혜연의 나체를 본 성환은 자신을 경계하고 있는 권해룡을 제압하고 뒤에 자신을 따라오려던 제갈궁을 제지했다.

"들어오지 마!"

권해룡에게 벌거벗은 몸을 보였겠지만, 그건 정신을 잃은 상태에서 강제로 그렇게 된 것이라 어쩔 수 없다고는 하나, 그렇다고 다른 사람들에게 벌거벗은 몸을 보인다면 깨어난 뒤 그녀가 얼마나 당황하겠는가.

그런 것을 감안하고 자신을 뒤따르는 제갈궁을 제지한 것이다.

일단 그녀의 몸을 가려 줘야만 했다.

그렇다고 자신이 그녀의 옷을 입혀 줄 수는 없었기에 침대보로 그녀의 몸을 덮어 주며 그녀를 깨웠다.

그녀를 깨우려고 권해룡이 꺼내 놓았던 약으로 그녀를 깨웠는데, 약병에는 강한 자극성 냄새가 올라와 약에 취했던 그녀를 깨웠다.

"음."

침대에 기절해 있던 이혜연은 코를 자극하는 강한 냄새로 인해 깨어날 수 있었지만, 아직 잔류한 약 기운으로 인해 완전하게 정신을 차린 것은 아니었다.

이혜연은 술도 별로 마시지 않았는데, 머리가 너무도 아파 한 손으로 관자놀이를 짚었다.

그 바람에 그녀의 나신을 가리던 침대보가 흘러내리며 뽀얀 그녀의 가슴을 내보였다.

정신이 없는 중에도 뭔가 이상한 기분에 억지로 감긴 눈을 뜨며 아래를 쳐다보았다.

그녀의 눈에 아무것도 적나라하게 자신의 가슴이 보이자 잠시 멍하니 쳐다만 보았다.

그러다 이상한 생각이 들어 주변을 살펴보았다.

분명 자신은 중국 협력 업체 사장과 짧은 미팅을 가지고, 그가 건넨 물을 먹고 그 다음부터 기업이 나지 않았다.

'아니, 어떻게…….'

다급한 마음에 자신의 몸을 덮고 있는 침대보를 들춰 보았다.

'아닐 거야!'

들춘 침대보 안에 보이는 자신의 몸은 아무것도 걸치고 있지 않았다.

그 때문에 무척 당황하긴 했지만, 그래도 어떤 흔적이나 감각이 느껴지지 않아 강간은 당하지 않았다는 것을 깨달았다.

'휴……!'

비록 누군가에 의해 강제로 옷이 벗겨지긴 했으나 강제로

겁탈을 당하진 않았다는 것을 깨닫고 안도의 한숨을 쉬었다.

그러다 이상한 생각이 들었다.

자신의 옷을 벗겼다면 왜 아무런 짓도 하지 않았는지 그것이 의아했다.

이렇게 뭔가 생각을 하고 있을 때, 옆에서 인기척이 들렸다.

"흠흠."

소리가 들린 곳으로 고개를 돌리던 이혜연은 깜짝 놀랐다.

"깍!"

설마 자신의 옆에 성환이 서 있을 줄은 생각도 못했기에 이혜연의 입에선 새된 비명 소리가 들려왔다.

"왜! 이곳에 있는 거예요?!"

이혜연은 자신도 모르게 성환이 이곳에 왜 있는 것인지 물었다.

한편 이혜연이 깨어나고 하던 행동을 옆에서 지켜보게 된 성환은 어이가 없었다.

엉뚱한 짓을 하다 자신을 보고 깜짝 놀라며 질문을 하니 기가 찼다.

'이 사장이, 생각보다 맹한 구석이 있군!'

이혜연의 질문에 그렇게 잠시 생각을 하던 성환은 현 상황을 설명해 주었다.

"이 사장은 좀 더 조심성을 길러야겠소."

말을 하면서 성환은 고개를 돌려 권해룡이 있는 곳을 보았다.

성환의 말에 이혜연도 뭔가 생각이 났는지 고개를 돌려 성환이 보고 있는 곳을 쳐다보았다.

그곳에는 권해룡이 이상한 포즈를 하고 있었다.

'앗!'

권해룡의 모습을 보자 이혜연은 속으로 비명을 지르며 몸을 가리고 있던 침대보를 당겨 몸을 가렸다.

그제야 자신이 어떤 상황이었는지 확실하게 인지하게 되었다.

만약 성환이 오지 않았다면 자신이 어떤 상황에 처했을지 보지 않아도 빤했다.

이미 결혼했던 경험도 있겠다, 남녀가 옷을 벗고 호텔방에서 할 것이라고는 말을 하지 않아도 당연한 것이었다.

더욱이 자신이 현재 모습이나 늦은 시각 사업 협상을 하자고 자신을 잡던 그의 지금 모습을 보면 그가 어떤 생각으로 자신을 이곳으로 끌고 왔는지 깨달았다.

"자리를 피해 있을 테니 당신은 옷 챙겨 입으시오."

성환은 이혜연에게 옷을 입을 것을 말하고 그녀가 있는 방의 문을 닫고 권해룡에게 다가갔다.

한편 제갈궁은 성환이 들어가고 이렇다 할 변화가 없자 초조해졌다.

안에서 자신이 예상하던 것과 다르게 조용하자 궁금증이 일기도 했다.

'무슨 일이기에 들어오지 말라는 거지?'

뭔가 알아야 보고를 하고 할 것이기 때문에 안에서 벌어지고 있는 일이 무척 궁금했다.

비록 그를 돕고 있는 것은 사실 따지고 보면 상부의 지시를 어긴 것이다.

하지만 제갈궁이 판단하기에 성환은 감시를 한다고 해서 눈치채지 못할 사람이 아니었다.

조금 전 나이트클럽에서 그러한 사실을 확인했다.

이미 자신들이 올 것을 알고 있었던 패왕의 모습에 자신도 모르게 소름이 돋았다.

그리고 제갈궁이 성환을 돕기로 한 결정적인 정보가 있었는데, 그것은 바로 금련방의 무력대 중 하나인 철사대의 복귀 소식이었다.

상부에서 내려온 명령으로 성환을 감시하기 위해 제갈궁은 다각도로 성환의 주변을 감시했다.

성환 때문에 금련방도 감시 대상에 들어 있던 상황.

그러던 중 성환이 폐인이 된 철사대를 치료를 하고 있다는 사실을 알게 되었다.

뿐만 아니라 성환이 상당한 실력의 의술을 가지고 있다는 것도 알았다.

철사대가 폐인이 된 것도, 폐인이 된 그를 치료를 하는 것도 성환이 한 일이란 것을 알고는 제갈궁은 너무도 놀랐다.

자신이 알고 있는 상식으로는 인간이 한꺼번에 그렇게나 많은 능력을 가지기란 불가능했다.

그러다 인간이 같은 인간을 찢어 죽일 수 있다는 것도 사실 말이 안 되는 것이란 것을 인지하고 그냥 그러려니 하고 넘어갔다.

그렇지만 패왕이 의술까지 뛰어나다는 것을 알고 그냥 넘어갈 수 없었다.

사실 그에게는 정말로 뛰어난 의술을 가지 명의가 필요했다.

현대 의학의 명의가 아닌, 전통 의술의 대가가 말이다.

제갈궁에게는 사실 무척이나 병약한 동생이 있었다.

원인불명의 병을 앓고 있는 동생을 치료하기 위해 아니 연명을 시키기 위해 제갈궁은 지금까지 해 보지 않은 일이 없었다.

공안이란 신분을 가지고 있으면서도 때로는 흑사회 조직의 의뢰는 받아 의뢰를 하기도 했다.

또 가문의 비밀스런 일을 돕기 위해 자신이 가진 공권력을 사적으로 행사하기도 했었다.

그렇게 뒷돈을 받아 동생의 생명을 연장하는 것에 사용했다.

그러다 보니 많은 부정을 저질렀지만, 그에게 남은 건 아무것도 없었다.

그런데 자신이 감시해야 할 대상에게 엄청난 의술이 있다는 것을 알게 되자 참을 수가 없었다.

어떻게든 그와 선을 대야만 했다.

하지만 그는 상부의 지시로 감시를 해야 하는 존재였다.

감시를 해야 하는 존재에게 자신의 존재를 알릴 수는 없는 일 아닌가.

그렇게 궁리를 하던 중 그런 생각을 했다.

굳이 감당하지 못할 상대를 감시를 하다 사고를 친 뒤에나 나타나 외국인이니 추방을 시킨다.

솔직히 아무리 생각해도 그건 아니었다.

더욱이 그의 뒤에는 단일 세력으로는 엄청난 힘을 가진 소림사가 있었다.

만약 자신이라도 패왕과 같은 인물이 본 세가에 있다고 한다면 어떤 수를 써서라도 그의 추방을 막을 것이다.

그런데 소림사가 쉽게 그가 추방을 당하는 것을 보고만 있을 것이라고 생각지 않았다.

그런 인물이라면 내원의 제자를 보내서까지 안내를 하고 하지는 않을 것이기 때문이다.

더욱이 처음 그를 만난 자리에서 '사조'라고 불렀다.

아무리 시대가 바뀌었다고 해도 함부로 내뱉을 말이 아니었다.

이런 모든 것을 종합해 볼 때, 상부에서 계획하고 있는 일들은 모두 부질없는 일이었다.

그렇게 판단을 한 제갈궁은 자신도 좋고 또 그도 좋은 일이 뭐가 있을까?

고민을 하면서 어떻게 성환과 선을 댈 것인지 궁리를 하다 지금에 이르렀다.

누군가를 찾는 것 같아 자신의 능력을 보여 그가 찾는 이의 행방을 알려 주었다.

어떻게든 선을 댄다는 것에 성공을 한 것이다.

그런데 사건이 요상해져 방 안으로 들어가 보지도 못하고 이렇게 복도에서 일의 결과만을 기다리고 있으려니 무척 답답했다.

이렇게 답답해하던 제갈궁의 궁금증을 해결해 주려는 듯 곧 문이 열리며 성환이 나왔다.

그의 한 손에는 이상한 자세로 굳어 있는 권해룡이 들려 있었다.

성환은 밖으로 나오자마자 한 손에 들고 있던 권해룡을 제갈궁의 앞에 던지고 말했다.

"네가 뭣 때문에 날 감시하고 도움을 준 이유는 모르나, 뭔가 내게 바라는 것이 있음을 알았다. 네 부탁을 들어줄 테니 이자를 내 눈에 띄지 않게 해라."

솔직히 성환은 권해룡을 용서해 줄 생각이 없었다.

하지만 자신이 이혜연을 찾는 것을 도와준 이가 중국 공안이란 사실 때문에 권해룡을 어떻게 하기가 주저되었다.

아무리 범죄자라지만 공안이 밖에서 대기를 하고 있는데, 중국인을 상대로 손을 쓴다는 것은 나중에 문제가 될 수 있다.

물론 이건 전적으로 성환 혼자만의 생각이었다.

관계를 중시 여기는 중국의 풍토로 보면 성환 정도 되는 사람의 입장으로는 고려하지 않아도 될 문제였다.

그건 성환의 뒤에는 중국 권력의 최상층부가 연결이 되어 있기 때문이다.

아직도 성환은 중국에서 소림이 가지고 있는 힘을 알지 못하기에 벌어진 일이다.

아무튼 제갈궁으로서는 어쩌면 그런 성환의 생각이 다행일지도 몰랐다.

아니, 오늘 성환에게 붙잡힌 권해룡이 가장 운이 좋았다고 해야 할 것이다.

성환은 누나가 죽은 후로 가족이나 자신의 주변 인물의 안전에 무척이나 민감하게 반응을 했다.

그렇기에 그저 이용물이라고 생각했던 최진혁이 습격을 당했다고 했을 때, 그에게 경호원들을 배치하고 치료할 수 있는 약을 보낸 것이다.

뿐만 아니라 알게 모르게 최진혁과 김용성 등 많은 사람들을 키워 주었다.

그런 그에게 권해룡이 주제도 모르고 이혜연을 납치했으니 만약 한국 같았으면 아무도 모르게 처리되었을 것이다.

하지만 다행스럽게도 이곳은 중국이었고, 또 공안인 제갈 궁이 문밖에 있던 관계로 그의 목숨은 지장이 없게 되었다.

다만 계속해서 안전할지는 두고 봐야 할 일이었다.

성환의 눈치를 보는 제갈궁이 그를 쉽게 풀어 주진 않을 게 뻔하니까.

간단하게 권해룡을 더 이상 보고 싶지 않다고 말을 했을 때, 제갈궁의 표정을 봤더라면 권해룡은 아마 죽고 싶어졌 을 것이다.

아무튼 성환은 권해룡을 제갈궁에게 넘기고 방으로 다시 들어갔다.

"참, 오늘 도움을 준 것은 내 기억하고 있지. 내 도움이 필요하면 언제든 연락해."

성환은 방으로 들어가기 전 지갑에서 자신의 명함을 꺼내 제갈궁에게 주었다.

제갈궁은 성환이 주는 명함을 소중한 것이라도 받는 듯 두 손으로 공손히 받았다.

그 모습이 조금 이상하긴 했지만 성환은 별로 신경 쓰질 않았다.

방으로 들어가는 성환의 등 뒤로 제갈궁의 목소리가 들렸 다.

"내일 다시 찾아오겠습니다."

제갈궁은 분명 권해룡을 자신에게 넘기며 다시는 보고 싶지 않다고 했으니 그 뒤처리를 자신에게 넘긴 것이라 생각하고 결과 보고 때문이라도 내일 만나야 했다.

그런 제갈궁을 뒤로하고 성환이 방으로 들어와 본 것은 아직도 옷을 입지 않은 이혜연이 침대보로 몸을 가리고 있는 모습이었다.

하얀 침대보로 몸을 감싸고 안으로 들어오는 자신을 맞이하는 이혜연의 모습을 본 성환은 당황했다.

"아, 아직도 안 갈아입은 것이오?"

성환이 옷을 갈아입지 않은 것에 대해 물었지만, 이혜연은 말없이 성환의 얼굴만 쳐다보았다.

그런 이혜연의 모습에 성환은 누나의 죽음 이후로 오로지 차가웠던 표정이 무너졌다.

그리고 언제나 무뚝뚝한 모습과 담담한 표정을 일관하던 성환이 자신의 모습에 당황해하는 모습을 보는 혜연의 눈이 아무도 모르게 반짝였다.

그런 성환의 모습을 보며 혜연은 뭔가 결심을 하게 되었다.

7.
상해의 뜨거운 밤

성환이 이혜연에게 옷을 입으라는 말을 하고 스위트 룸 입구에 굳어 있는 권해룡을 들고 밖으로 나갔을 때, 이혜연은 바닥에 떨어진 속옷을 주워 들어 그것을 입었다.

　그런데 여자의 마음이 갈대와 같아 하루에도 수십 번 변한다고 했던가?

　속옷을 입고 막 자신의 입었던 정장 바지를 입으려던 찰나 그녀의 머릿속에 많은 생각이 스쳐 지나갔다.

　'잠깐! 조금 전 정 사장님께서 내게 옷을 입으라고 했던 것을 보면 내 몸을 다 봤다는 말 아니야!'

　성환이 자신이 알몸이란 것을 알았다는 것을 깨달은 혜연은 하던 행동을 멈추고 굳어졌다.

뿐만 아니라 얼굴이 화끈 달아올라 들고 있던 바지를 놓쳐 버렸다.

"어떡해!"

성환이 나가고 침대 옆에 내려놓았던 침대보를 다시 몸에 두르며 그 자리에 주저앉고 말았다.

너무 부끄러워 다리에 힘이 풀려 버려 서 있을 수가 없었다.

그렇지만 언제까지 그렇게 있을 수는 없었다.

'아니야! 어쩜 이게 기회일 수도 있어.'

바닥에 웅크리고 있던 혜연은 뭔가 결심을 한 것인지 결연한 표정으로 자리에서 일어나 입었던 속옷을 벗어 버렸다.

그리고 다시 조금 전처럼 나체가 된 자신의 몸을 거울에 비춰 보았다.

한때는 톱클래스에 들어가는 인기 배우였지만, 일찍 결혼한 관계로 지금은 그저 배우 출신 기획사 사장일 뿐이다.

하지만 그래도 꾸준한 몸매 관리로 젊은 배우들 못지않은 몸매를 유지하고 있었다.

"나도 어디 가서 꿀리지 않아!"

거울에 비친 자신의 몸매를 확인한 이혜연은 혼자 그렇게 중얼거리며 뭔가 다짐을 하듯 강렬한 눈빛으로 거울을 보았다.

그렇지만 거울을 보고 있는 눈의 초점은 거울 속에 비친 자신의 몸매를 더 이상 보고 있지는 않았다.

◈　　◈　　◈

퍽!

권해룡은 미칠 것만 같았다.

뭐가 어떻게 된 것인지도 모르겠지만 자신의 몸이 마비가 되었다는 것을 깨달았다.

마비만 풀린다면 자신을 이렇게 만든 젊은 놈을 가만두지 않겠다고 속으로 다짐을 했다.

그런데 지금 권해룡을 더욱 화나게 하는 것은 다름 아닌 눈앞에서 꼼짝도 못하는 자신의 뒤통수를 계속해서 때리고 있는 이 잡놈이었다.

"너! 내가 누군 줄 알아?! 어서 날 풀어!"

자신의 권력을 자부하듯 권해룡은 현재 제갈궁에 의해 공안으로 끌려가고 있었지만 전혀 두려워하지 않았다.

상해에서 해룡방이 못할 일은 없었기 때문이었다.

해룡방이 비록 금련방처럼 거대한 집단은 아니지만, 그래도 상해에서 만큼은 제법 큰 규모의 흑사회 조직이었다.

공안은 물론이고 상해시 공산당에도 상당한 뇌물을 뿌리고 있어 웬만한 범죄는 무혐의로 풀려날 수도 있다.

그런데 그런 막강한 배경을 가진 자신을 잡아가는 이가 누군지 모르지만 조만간 정체가 밝혀질 것이고 그 뒤에는 처절한 보복이 기다릴 것이다.

"여기서 날 풀어 준다면 너희는 용서해 줄 테니, 이걸 풀어라! 그리고 아까 그놈을 당장 잡아 와!"

아직도 분위기 파악을 못한 권해룡은 제갈궁을 상대로 협박을 하기 시작했다.

조금 전 어떤 일이 벌어졌을지 생각이 난 제갈궁은 권해룡이 헛소리를 할 때마다 그의 뒤통수를 때렸다.

지금도 자신을 상대로 되도 않는 협박을 하고 있는 권해룡의 뒤통수를 조금 전과는 다르게 조금 더 힘을 실어 가격했다.

팍!

"악! 이 새끼가!"

"너! 조용히 안 해?! 지금 분위기 파악도 못하고. 넌 끝장이야!"

자꾸만 헛소리를 짓거리는 권해룡의 말에 짜증이 난 목소리로 단호하게 말했다.

정말이지 분위기 파악도 못하는 이런 놈이 두목이라는 것이 어이가 없었다.

"네가 그렇게 자신 있으면 다 불러와! 내 다 박살내 줄 테니."

단호한 제갈궁의 말에 권해룡은 뭔가 잘못되었다는 것을 뒤늦게 깨달았다.

그러고 보니 지금 자신을 붙잡아 가는 남자는 한 번도 본 적이 없는 사람이었다.

"넌, 누구야? 처음 보는 얼굴인데, 처음이라 잘 몰라서 그러나 본데, 난 해룡방 5두령인 권해룡이다. 날 풀어 주면 이룡장 과장에게 잘 말해 줄 것이니 날 풀어 줘!"

뭔가 잘못 되었다는 것을 깨달은 권해룡은 처음 보는 얼굴인 제갈궁을 보며 그가 상해에 처음으로 온 신입 공안이라 생각하고 이곳 포동 지역 관할 공안 과장인 이룡장의 이름을 들먹였다.

하지만 제갈궁은 상해시 공안 소속도 아닐뿐더러, 상해시 공안 과장 아니, 포동지역 과장인 이룡장보다 직급이 높은 경감이었다.

그런 것도 모르고 권해룡은 되도 않는 협상을 시도했다.

그렇지만 그런 말이 통할 사람이 있고 통하지 않는 사람이 있다.

물론 중국에서 뇌물이 통하지 않는 곳은 없다.

다만 그 타이밍이 중요했다. 만약 제갈궁이 성환을 감시하는 것이 아니고, 또 성환이 권해룡을 직접 넘긴 것이 아니라면 충분히 뇌물을 받고 풀어 줬을지도 몰랐다.

하지만 지금은 아니었다.

권해룡은 현재 가장 요주의 인물인 소림패왕의 심기를 건드렸다.

그리고 직접 그가 보고 싶지 않다는 말을 했다.

만약 그의 부탁을 들어주지 않았을 때 어떤 사고가 발생할지 모르는 상태에서 만약 그가 사고를 친다면 제갈궁으로써는 그것을 감당할 자신이 없었다.

그러니 성환이 사고치기 전에 먼저 손을 써서 미연에 방지를 해야만 했다.

"이 새끼는 지금 지가 어떤 사람을 건드렸는지도 모르고…… 넌 새끼야! 다신 햇빛 볼 생각하지 않는 것이 좋을 거다."

권해룡은 제갈궁이 자신을 쳐다보며 하는 소리에 눈이 왕
방울만큼 커졌다.

"내가 어쨌다고?"

도저히 이해할 수 없는 제갈궁의 극단적인 말에 권해룡은
황당한 표정으로 도대체 자신이 건들인 사람이 누군데 이렇
게 끌려가는 것이고, 다신 햇빛을 보지 못한다는 소리를 하
는 것인지 알 수가 없어 눈만 깜빡거렸다.

해룡방 서열 5위에 있는 자신이 언제 이런 대접을 받아
보았던가.

아무리 생각을 해도 자신이 무슨 잘못을 했기에 이런 대
접을 받아야 하는지 이해가 가지 않았다.

그리고 이런 말을 하는 제갈궁의 정체가 궁금해지기도 했
다.

상해시 포동 지구 공안 과장의 이름을 듣고도 아무런 표
정도 짓지 않는 제갈궁에게서 뭔가 자신이 모르는 위화감을
느껴지기도 했다.

"당신은 누굽니까? 그리고 제가 누구의 심기를 건드렸다
는 말입니까?"

분위기가 요상해지자 자신보다 한참이나 어린 제갈궁에

게 존칭을 사용하며 물었다.

자신이 알기론 조금 전 호텔에 납치한 여자는 전혀 하자가 없는 여자였다.

당 고위층과도 연관이 없는 한국의 연예 기획사 사장일 뿐.

그런 모든 것을 조사하고 적당한 먹잇감이라 생각해 일을 벌인 것인데, 자신에게 이런 일이 벌어질 줄은 생각도 못했다.

"범죄자 자식이 뭘 알려고 해! 넌 그냥 우리가 하는 일에 조용히 따르기만 하면 되는 거야! 너뿐 아니라 해룡방 전부가 이번 조사 대상에 들어가니 너무 억울해하지는 마라!"

제갈궁은 권해룡의 질문에 답해 주기보다는 오히려 의문만 더 늘려주었다.

자신의 질문에 대답도 해 주지 않고, 더욱 의문스러운 말만 하고 있는 제갈궁을 보며 권해룡은 뭔가 잘못돼도 크게 잘못되었다는 것을 이제야 깨달았다.

자신은 물론이고 자신 때문에 자신이 속한 조직도 파탄이 났다는 것에 앞이 깜깜해졌다.

막말로 조직이라도 건재해야 자신을 구명할 것인데, 조직까지 와해되게 생겼으니 자신의 미래는 빤하리라.

한편 제갈궁은 이번 일을 어떻게 상부에 보고를 할 것인지 머리를 굴렸다.

자신이 나서서 패왕의 일을 덜어 준 것 때문에 큰 사고 없이 일이 해결되었다.

하지만 어찌 되었든 공안 상부에서는 그가 사고를 치기를 기다리고 있었으니 자신은 상부의 명령을 어긴 것이다.

하지만 그에 대해선 아무런 후회도 없었다.

제갈궁이 판단하기에는 상부의 계획은 실효가 없는 일이니까.

일이 그렇게 진행이 된다고 해도 소림에서 결코 그런 공안의 결정을 받아들이지 않을 것이 분명했기 때문이다.

제갈궁이 이렇게 보고할 것에 대하여 궁리하고 있을 때, 권해룡은 도대체 자신이 겁탈을 하려던 이혜연의 뒤에 누가 있기에 자신이 이런 대접을 받는 것인지 아무리 생각을 해 봐도 알 수가 없었다.

◈　　◈　　◈

"아, 아직도 안 갈아입은 것이오?"

방으로 들어선 성환의 눈에 이혜연이 자신이 방에서 나갈 때 모습 그대로 있자 그리 물었다.

그런데 자신의 물음에 대답도 하지 않고 그윽하게 자신을 쳐다보는 이혜연의 눈빛에 성환은 급격히 당황하기 시작했다.

"무슨 일 있소?"

자신에게 무슨 일이 있냐는 질문에 이혜연은 지긋이 성환의 눈을 쳐다보며 성환에게 가까이 다가갔다.

성환의 턱밑까지 다가간 혜연은 고개를 들어 성환을 올려다보며 물었다.

"다 봤죠?"

"음……."

너무도 단도직입적으로 물어 오자 성환은 할 말을 잃었다.

지금 이혜연이 물어보는 말이 무슨 말인지 못 알아들을 정도로 성환이 멍청하지도 순진하지도 않았다.

방금 그 질문은 여자가 하기엔 솔직히 부끄러운 말이었다.

그런데 이혜연은 너무도 당당하게 자신의 눈을 쳐다보며 물어 오자 당황한 것이다.

하지만 언제까지 이렇게 대치를 할 수는 없는 일이기에

성환은 얼른 정신을 수습하고 대답을 했다.

"물론…… 하지만 그건 어쩔 수 없는 일이었다는 것은 이 사장도 잘 알 것이라 생각하오. 그러니 그 일에 관해선 우리 모두 잊기로 하는 게 어떻소?"

성환의 말에 이혜연은 살짝 미소를 짓고 자신의 생각을 말했다.

"물론 조금 전 그 일이 사고란 것은 저도 잘 알아요. 하지만……."

"하지만?"

"그 일은 두 번 다시 경험하고 싶지 않은 경험이었어요. 여자로서 너무도 수치스러운 일이라, 흑흑!"

말을 하다 말고 이혜연은 급기가 눈물을 보였다.

느닷없이 눈물을 보이는 이혜연의 모습에 성환은 조금 전보다 더 당황했다.

전에 납치를 당했을 때도 이런 모습을 보이지 않았는데, 오늘 눈물을 보이자 당황하지 않을 수가 없었다.

'여장부인 줄 알았는데, 이제 보니 이 사장도 천상 여자군.'

성환이 이혜연의 눈물에 생각을 바꾸고 있을 때 이혜연은 성환의 품에서 미소를 짓고 있었다.

사실 이건 다 이혜연의 작전이었다.

연기자였던 이혜연의 연기에 성환이 속아 넘어가고 있는 중이다.

여자의 최대 무기는 눈물이라고 했는가.

나이는 조금 먹었으나, 이혜연 정도면 상당한 미인.

그런 미인이 자신의 품에서 눈물을 흘리고 있는데, 넘어가지 않을 사람이 누가 있겠는가?

그건 아무리 무공이 대단한 성환이라도 여자의 심리를 모르는지라 속을 수밖에 없는 것이다.

성환은 자신의 품에서 작게 떨며 울고 있는 이혜연을 달래려고 그녀의 어깨를 감싸며 말을 걸었다.

"너무 걱정하지 마시오. 잘…… 잘될 것이니."

성환은 이혜연이 몸을 더럽혀질 뻔한 일 때문에 겁을 먹어 그런 것이라 생각하고 그렇게 위로를 했다.

그렇지만 이혜연은 전혀 그렇지 않았다.

솔직히 강간을 당했다고 해도 금방 정신을 수습했을 것이다.

여자는 약해도 엄마는 강하다고 했던가.

만약 그런 일이 있다고 해도 한국에 있는 딸을 위해서라도 억지로 정신을 수습하고 더욱 강하게 마음을 추스르고 그 일을 적절히 이용했을 것이다.

사실 성환이 판단한 대로 이혜연은 여장부적인 기질을 가지고 있다.

그러면서도 여우처럼 머리도 영리해 환영을 적절히 이용할 줄 아는 거뿐이다.

지금도 이혜연은 성환과 조금이라도 관계를 진전시키기 위해 이렇게 놀란 듯, 눈물을 연기하며 성환에게 동정을 유발시켰다.

눈물을 흘리고 촉촉하게 젖은 눈으로 얼굴을 올려다보는 그녀의 눈은 정말이지 성환의 단단한 이성을 잠시 흔들어 놓았다.

이미 상당한 경지에 올라 깨달음을 얻은 고승보다도 정신력이 높은 성환이지만, 조금 전 이혜연의 모습은 젊은 그의 단단한 부동심에 균열을 가져왔다.

'음……'

성환은 자신을 쳐다보는 눈물이 그렁그렁한 이혜연의 눈에 측은한 마음이 들면서, 한편으로는 이혜연의 그런 눈빛이 너무도 섹시하다고 느껴졌다.

"……할 말이 있어요."

잠시 이혜연을 섹시하다 느끼던 성환은 이혜연의 말에 얼른 정신을 차리고 그녀를 쳐다보았다.

"할 말? 말해 보시오."

성환의 말이 떨어지기 무섭게 이혜연은 결연하게 말을 하기 시작했다.

"절 안아 주세요."

"안아? 그게 무슨…… 말이지?"

"말 그대로예요. 오늘 밤 절 안아 주세요."

거듭되는 그녀의 말에 그제야 어떤 뜻으로 한 말인지 깨달은 성환은 자신도 모르게 신음을 흘렸다.

"음……."

지금 무슨 말을 해야 할지 분간을 할 수가 없었다.

여자가 몸에 얇은 침대보만을 걸치고 자신을 안아 달라는 말을 하고 있는데, 어떻게 해야 할지 무척 당황스러워 아무런 말도 하지 못했다.

그런 성환의 모습에 이혜연은 조금 더 나아가 자신의 생각을 말했다.

"전에도 그렇고 오늘도, 벌써 두 번이나 모르는 사람에게 납치를 당하니 너무도 무서워요. 이 일로 당신에게 짐을 지우려는 생각은 없지만……. 그저 당신의 품에 안기면 이런 불안감을 떨칠 수 있을 것 같아 그래요. 부탁해요."

이혜연은 그렇게 말을 하며 두 팔로 성환의 허리를 감았다.

그 때문에 혜연이 걸치고 있던 침대보는 그녀의 몸에서 흘러내려 태초의 모습으로 변했다.

이미 이럴 작정으로 입었던 속옷을 다시 벗었으니 지금 이혜연의 몸에는 그 어떤 것도 걸쳐져 있지 않았다.

알몸으로 자신의 몸을 안고 있는 이혜연의 모습에 성환은 어쩔 줄을 몰랐다.

벌써 나이는 불혹에 가까워졌지만 지금가지 여자가 이렇게 적극적으로 나온 경우는 한 번도 없었다.

예전 결혼을 전제로 사귀었던 황미영조차 남녀관계에 관해서는 이렇게까지 적극적이지는 않았다.

물론 순결에 관해서도 꽉 막히지 않아 결혼 전에도 서로를 탐닉하기도 했으나, 이렇게 이혜연처럼 알몸으로 그를 유혹하진 않았었다.

그런데 지금 이혜연이 비 맞은 고양이 같은 눈으로 떨면서, 그러면서도 은근한 눈빛으로 자신을 유혹하자 성환도 흔들렸다.

뿌리치고 싶지 않은 유혹.

하나 마음속으로 무척이나 갈등이 되었다.

"당신의 품에 안기면 이런 불안감을 떨칠 수 있을 것 같아서 그래요."

방금 전 이혜연이 하던 말이 귓가를 맴돌았다.

자신의 품에 안기면 불안감이 사라질 것 같다는 그 말이 그의 부동심을 흔들어 놓았다.

머릿속을 빙빙 돌며 울려 대는 그 말 때문에 그만 넘어가고 말았다.

점점 고개가 숙여지고 성환의 입술이 자신의 품에 안겨 있는 이혜연의 입술로 내려갔다.

성환의 입술이 내려오자 이혜연은 성환의 허리를 감싸고 있던 손을 풀어 성환의 목에 감았다.

그러고는 조금이라도 빨리 성환의 입술을 마중하기 위해 까치발을 들어 그의 입술을 마중 갔다.

"으음!"

입술이 닿고, 누가 먼저라고 할 것 없이 입술이 벌어지고 혀가 서로의 내부로 침입을 시작했다.

그리고 마치 뱀이 교미를 하듯 두 사람의 혀는 꿈틀거리면 뒤엉켰다.

두 사람의 입술이 맞닿고, 이혜연은 온 힘을 다해 성환의 목에 매달리며 적극적으로 성환의 몸에 들러붙었다.

이혜연뿐만 아니라 성환도 이쯤 되자 조금 전과 다르게 행동이 점점 적극적으로 변했다.

이혜연의 어깨를 붙들고 있던 두 손은 어느새 한 손으로 매달린 그녀가 힘들지 않게 지탱을 해 주고, 다른 손은 그녀의 등과 허리를 쓸고 있었다.

비록 경험은 많지 않지만, 성환은 여자를 기쁘게 해 주는 기술을 가지고 있었다.

백두산에서 얻은 기연은 비단 무공이나 영약만이 아니었다.

잡학이라 분류된 서적 중에는 고대의 방중비술이 적힌 서적도 꽤 있었다.

고대 황제들이 훌륭한 후손을 보기 위해 많은 학자들과 도사들을 시켜 연구하게 만든 비서부터, 사마외도로 매도된 음마(淫魔)의 무공서적까지, 상당한 서적들이 있었다.

더욱이 그것들은 춘화에 가까울 정도로 남녀관계를 그림으로 자세히 표사해 두었었기에 성환도 무료할 땐 그것을 보기도 했다.

옛날에야 그게 음서요, 금기였지만 현대에는 아니다.

잘만 활용하면 큰 힘을 줄 수도 있는 것이었다.

성환은 그것을 익힌 것은 아니지만, 이미 머릿속에 들어 있기에 충분히 그것을 활용할 수도 있었다.

◆　　◆　　◆

"이만 회의를 마치기로 하고, 한국 군부 내에서 벌어지는
일에 관해 더욱 촉각을 세우고 감시를 하도록!"

"알겠습니다."

"나가 보고, 톰은 잠시 남아!"

을지로에서 강남으로 지부를 옮긴 CIA한국지부 지부장
인 칼론 제임스는 회의를 마치고 부관인 톰 헌터를 남겼다.

톰은 상환인 칼론의 말에 그가 무엇을 물어보기 위해 자
신을 남으라 하는 것인지 깨닫고 자신의 앞에 놓인 노트북
키보드를 두드렸다.

모든 사람이 나가고 회의실에 칼론과 톰 두 사람만이 남
자, 칼론이 물었다.

"제로에 대한 정보는?"

상관의 물음에 톰은 얼른 자신이 준비한 자료를 화면에
띄웠다.

"현재 제로는 제약 회사를 설립하고 재료 수급을 위한 명
목으로 중국에 넘어갔습니다."

"이번에도 또 중국인가?"

"그렇습니다."

"음, 뭔가 있군……."

칼론은 부관의 말에 한참 생각을 하다 중국과 성환 사이에 뭔가 관계가 있다는 결론을 내렸다.

다만 그 관계가 어떤 것인지 알지를 못하기에 단정을 지을 수는 없지만, 자주 중국에 장기간 머물고 있다는 말에 쉽게 의심을 놓을 수가 없었다.

특히나 최근 중국에서 넘어온 정보에 의하면 성환이 중국에 다녀간 뒤 중국 군부 일부지역에서 특수부대가 만들어지고 있다는 첩보가 들어왔기 때문이다.

성환과 관계가 있는 것으로 보이는 제남군구에서 기존의 특수부대와 차원이 다른 특수부대가 양성되고 있다는 정보 때문에 미국의 모든 해외 정보조직의 눈이 그곳으로 쏠리고 있는 중이다.

현재 동북아시아의 정보를 총괄하고 있는 총지부장까지 겸하고 있는 칼론으로서는 이 일을 그냥 두고 볼 수가 없었다.

"보스, 그런데 확인된 정보는 아니지만 제로가 가진 제약사에서 만들어지는 약이 심상치 않습니다."

"심상치 않다니?"

"그게, 아무래도 각성제 같습니다."

"뭐? 그게 어쨌다는 거야?"

톰은 칼론의 지시로 성환을 조사하던 중 이상한 점을 발견했다.

성환을 조사하다 보니 그가 소유한 KSS경호에 대한 것까지 조사를 하게 되었다.

그런데 이상한 점이 한두 가지가 아니었다.

KSS경호의 경호원들 중에는 군 특수부대 출신도 있긴 하지만, 거의 대부분의 경호원들이 전에는 군과 관련이 없는 깡패들이었다는 사실이다.

즉, 갱이었다는 소리다.

갱은 다른 사람을 보호해야 하는 경호원이 될 수가 없다.

그것은 싸움을 잘하고 못하고를 떠나 기본 소양이 다르기 때문이다.

남의 것을 빼앗는 것이 갱이라면, 자신을 희생해 타인을 보호하는 것이 경호원 즉, 보디가드인 것이다.

KSS경호는 그런 것을 반박이라도 하듯 갱 출신들을 훌륭한 보디가드로서 활약시키고 있었다.

아니 이런 쪽에 발달하지 않은 한국뿐 아니라 보디가드에 관해 전문적으로 교육하는 훈련소가 있을 정도로 보편화된 서양에서도 KSS경호의 경호원들은 최고의 톱클래스들이었다.

어떻게 훈련을 시켰기에 단시간에 그런 톱클래스의 보디가드를 양성할 수 있는지 그 프로그램을 CIA에도 도입하고 싶을 정도였다.

더욱이 믿기지 않는 사실은 그들이 미국 내에서도 최정예 특수부대원들과 함께 훈련을 했고, 오히려 그들을 능가하는 능력을 가지고 있다는 사실이 알려졌기 때문이다.

SOCOM으로부터 들어온 정보에 의하면 SOCOM에서 차출된 특수부대원들이 비밀리에 한국에 들어가 제로의 밑에서 훈련을 받았다.

물론 그건 CIA에서도 알고 있는 사실.

톰이 직접 그들의 위성을 가지고 추적까지 했었으니 잘 알고 있었다.

그런데 놀라운 사실은 특수부대원들이 훈련을 받은 장소에 많은 한국인들이 있었다는 것이다.

그들과 함께 훈련을 받았는데, 처음 그들은 자신들에 비해 한참 모자란 자들이었다고 전했다.

아니, 모자란 정도가 아니라 그저 육체 능력이 조금 뛰어난 일반인 수준이라고 했다.

하지만 함께 수련을 하면서 그들은 점점 자신들과의 격차를 줄이며 맹렬히 추격을 해 오더니 어느 순가 추월을 했다는 것이다.

어떻게 수년간 특수훈련을 수료하고, 거기에 실전까지 갖춘 베테랑들을 넘어설 수가 있다는 말인가?

SOCOM에서는 이것을 두고 제로에게 미군에서 만든 각성제와 비슷한 물건이 있을 것으로 판단을 내렸다.

그것의 정체를 알아내기 위해 총력을 기울이고 있다는 것이다.

미 국방부나 CIA를 비롯한 미국의 비밀 첩보 조직들은 막대한 예산을 들여 군인들의 전투력을 향상시킬 수 있는 방법을 다각도로 연구를 하였다.

여러 가지 연구를 지원하면서 상당한 성과를 얻었지만, 확실하게 성공했다고 말할 수 있는 것은 사실상 단 한 가지뿐이었다.

그건 바로 탈로스 프로젝트.

탈로스는 그리스 로마 신화에 나오는 청동 거인을 말하는데, 현대의 과학자들은 그것을 로봇이라고 생각을 하였다.

그리고 미군은 외골격 로봇을 개발하면서 그 프로젝트의

이름을 신화에서 따와 탈로스라 명명했다.

이 탈로스 프로젝트는 미국의 최고 방위 산업체들이 뛰어들었는데, 그 대표적인 곳이 세계 최고의 미사일과 각종 최첨단 무기를 생산하는 레이온사와 최고의 전투기 제조사인 록헤드사다.

그 외에도 방위 산업체는 아니지만 의료기기 생산업체인 센트리온이다.

각 회사마다 개발한 탈로스의 성능도 다르고 또 특징도 달랐지만 공통점은 탈로스를 입으면 신체 능력이 향상된다는 것이다.

물론 착용한 인간의 능력이 늘어나는 것이 아니라 탈로스가 외골격 로봇이기 때문에 그 성능만큼 능력이 향상되었다.

아무튼 초기 탈로스는 말 그대로 입는 로봇의 한계를 벗어날 수 없었다.

인간이 착용을 해야 한다는 한계 때문에 오리지널 로봇보다 제약이 많았다.

너무 무거워도 안 되고, 착용이 간편해야 하며, 장시간 운용을 해도 무리가 없어야 한다는 것이다.

하지만 로봇 공학도 아직 초기 수준인데, 크로스오버인

입는 로봇을 개발한다는 것은 쉬운 일이 아니다.

그런데 인간의 노력과 막대한 예산은 그것을 성공시켰다.

외부에 공개하진 않았지만 탈로스는 성공을 거두고, 그에 그치지 않고 개량에 개량을 더해 날로 성능이 향상되고 있다.

그렇지만 인간의 욕심은 끝이 없다고 했던가.

CIA는 탈로스의 성공에도 다른 욕심이 생겼다.

그건 탈로스가 입는 로봇이다 보니 첩보원인 자신들에게 맞지 않았기 때문이다.

첩보원 즉, 상대의 정보를 빼내야 하는 직업의 그들에게는 다른 사람의 시선을 끄는 탈로스는 맞지 않았다.

보다 은밀하게 겉으로 봐선 아무런 티가 나지 않는 그런 것이 필요했다.

그리고 CIA가 찾아낸 것이 바로 스테로이드였다.

운동선수들이 경기력 향상을 위해 먹는 남성 호르몬제에 눈을 돌린 CIA는 약물을 통해 신체 능력이 향상이 된다면 겉으로 표시가 나지 않기에 은밀한 작업을 하는 자신들에게 맞다 판단을 내렸다.

하지만 그것은 신의 영역이었는지, 절반의 성공에 그치고 말았다.

아니, 어떻게 보면 대실패라고 하는 것이 정확했다.

능력이 향상된 것은 맞았으나 심각한 부작용이 발견되었다.

수많은 희생자를 양산하며 실험을 감행한 결과 인간의 신체능력을 최고조에 이르게 하는 각성제가 만들어졌다.

하지만 그 각성제는 엄청난 신체 능력을 준 대신 신체에 대한 통제력을 상실하게 만들었다.

그 말이 무슨 말인고 하니, 엄청난 능력을 얻은 대신 이성을 놓아 버린 것이다.

이성을 상실하고 맹수처럼 공격성을 발산했다.

주변의 무엇이든 닥치는 대로 깨고 부셔 버렸다.

그 때문에 많은 연구원들이 실험체의 난동으로 사망을 하기도 했다.

사고 이후로 실험은 중단이 되고, 잠정적으로 폐기가 되었다.

하나 CIA내부에서는 비밀리에 아직도 그 실험을 계속하고 있었다.

그런데 톰은 KSS경호를 조사하던 과정에서 KSS경호원들이 CIA에서 연구하던 각성제와 비슷한 것을 복용한 것으로 예상된다는 판단을 하게 되었다.

그렇지 않고서야 어떻게 단기간에 최정예 특수요원들을 넘어설 수 있는 능력을 가진단 말인가.

물론 전투력이란 것이 신체의 능력만 가지고 하는 것이 아니라, 육체의 능력과 경험과 판단력 등등 많은 요소들이 종합적으로 작용하는 것이란 사실을 잘 알고 있는 톰이지만, 간과할 수 없는 것은 경호원들이 같은 훈련을 받았는데, 단기간에 특수부대원들을 능가하는 신체 능력을 갖췄다는 사실이었다.

이것은 분명 훈련 외에 다른 외부 요인이 있었다는 말이 된다.

그러니 톰은 여러 가지 정황 증거를 토대로 KSS경호에 자신들이 연구하던 각성제의 성공작이 있을 것으로 판단하는 것이다.

톰의 이러한 이야기를 모두 들은 칼론의 표정이 심각해졌다.

만약 그 말이 사실이라면 무척이나 심각한 사태가 벌어진다.

수년을 근무하고 있지만, 이 한국이란 나라는 참으로 미스터리한 부분이 많았다.

자기희생을 마다 않고, 타인을 돕는가 하면 자신의 영달을 위해 부모와 자식까지 희생하는 파렴치한까지 있었다.

더욱이 사회 지도자라는 자들의 도덕적 해이에도 불구하고, 나라는 너무도 잘 굴러가고 있다.

그런데 칼론이 가장 싫어하는 부분이 뭐냐 하면 이들이 아래로 내려갈수록 자존감이 너무도 강하다는 것이다.

상류층은 안 그런데 아래로 내려갈수록 민족에 대한 자긍심이 너무도 강했다.

어떻게 보면 베타적일 정도로 심한 경우도 있다.

아무튼 그런 한국인들이 초일류 국가인 조국도 성공하지 못한 것을 가지고 있다고 생각하니 등골이 오싹해졌다.

그러면서 칼론의 머릿속에 20년 전의 한국의 거리가 생각이 났다.

미국에선 그리 인기 있는 스포츠는 아니지만, 많은 나라 사람들이 열광하는 축구 월드컵이 이 나라에서 있었다.

누가 시킨 것도 아닌데, 수백만 명의 시민들이 한곳에 모여 한 마음으로 나라의 대표를 응원하는 그들의 모습은 10대의 어린 나이에 처음 접하는 광경은 정말로 무섭게 느껴졌다.

마치 마약을 한 중독자처럼 광기까지 보이는 그들의 모습은 정말이지 무서웠다.

뿐만 아니다. 비슷한 시기에 FTA협상 때도 비슷한 양상이 벌어졌다.

소고기 수출에 관한 문제로 불거진 촛불 집회는 한국인들이 얼마나 단합이 잘되는 나라인지 세계인들에게 깨닫게 했다.

그런 한국인들이 그것을 가지게 된다면 어떻게 될 것인지 상상을 해 봤다.

칼론은 정말이지 한국인들이 각성제를 알게 되고 또 그 범용성을 깨닫게 된다면 아마 한국은 현재 미국의 통제에서 벗어날 것이 분명했다.

비록 한국이 핵을 가지고 있진 않지만, 이것은 핵에 버금가는 위력을 가지고 있다.

어떻게 사용하느냐에 따라선 핵보다 더 확실한 결과를 가져올 수도 있는 것이다.

막말로 각성제를 복용한 한국의 특수부대가 후방 침투를 통해 요인 암살을 한다면 어떻게 막을 것인가.

이런 생각을 하자 더욱 심각해졌다.

"보스, 다행이라면 제로가 알고 있는 각성제는 대량 생산이 불가능한 것으로 판단이 됩니다."

"그건 또 무슨 말이지?"

"그런 판단을 내린 이유는 제로가 설립한 의선제약이란 회사에서 한국에서 아니 아시아에서 고대로부터 영약이라 불리는 약초들을 구입하고 있기 때문입니다."

"그것과 그게 무슨 상관이지? 비록 구하기 힘든 약초라 해도 완성된 제품에서 성분 분석만 하면 얼마든지 대체물로 배합이 가능한 것 아닌가?"

칼론은 톰의 말에 자신이 알고 있는 상식을 기반으로 그것이 왜 불가능한 일인지 물었다.

그런 칼론의 물음에 톰이 말한 결론은.

"그건 저도 이유를 알 수 없지만, 제 예상으로는 배합 과정에서 뭔가 특별한 방법이 있어야 한다는 생각입니다. 예를 들어 꿀을 성분 분석을 해서 합성을 해도 결과물이 다르게 나오는 것과 비슷하다 판단됩니다."

톰은 예로 들어서 성환이 경호원들에게 나눠 준 약에 대하여 설명을 했다.

소 뒷걸음질에 쥐 잡은 격이지만 확실히 톰의 예상이 맞았다.

성분 분석만으로는 성환이 제조한 약을 만들 수 없었다.

그것이 바로 고대의 비법으로 만들어진 환단과 현대 양약의 제조법으로 만든 약들의 차이였다.

톰과 칼론은 그 뒤로도 많은 이야기를 했는데, 그 모든 것이 의문에 쌓여 있는 성환의 능력과 각성제의 존재 여부에 관한 이야기였다.

아무튼 성환이 중국에 있는 동안 한국에서 또 다른 일이 벌어지려고 하고 있었다.

◈　　◈　　◈

이미 불붙기 시작한 두 사람은 더 이상 거칠 것이 없었다.

입술이 붙은 상태에서 성환은 자신의 옷을 벗기 시작했고, 이미 알몸인 이혜연은 급하게 옷을 벗는 성환을 도왔다.

순식간에 같은 모습이 된 성환과 혜연은 서로의 몸을 보물이라도 되는 듯 조심스럽게 어루만졌다.

"흐음!"

어딜 어떻게 만졌을까? 이혜연의 입에서 비음이 터졌다.

이미 성적으로 흥분한 상태란 것을 알리기라도 하듯 이혜연의 유두는 바짝 성을 내고 있었다.

성환은 이혜연의 비음이 자신의 귀를 때리자 더 이상 참지 못하고 그녀를 번쩍 안아 들어 침대로 향했다.

권해룡이 이혜연을 겁탈하기 위해 예약한 방이지만, 두 사람에게 그런 것은 상관이 없었다.

이미 그는 제갈궁에 의해 공안으로 끌려갔으니 말이다.

누가 방을 잡았건 두 사람에게 활활 타오르는 열기를 식힐 장소가 필요할 뿐이다.

이혜연을 안고 침대로 이동한 성환은 그녀를 살며시 침대 위에 내려놓았다.

조금 전까지만 해도 정염에 정신을 차리지 못했던 이혜연은 자신의 몸이 침대에 닿자 정신이 들었는지 작은 목소리로 소리쳤다.

"불, 불 좀 꺼 주세요."

자신이 먼저 성환을 유혹하긴 했지만, 밝은 조명 아래 관계를 맺는다는 것은 여간 부끄러운 것이 아니었다.

그래서 이성이 돌아오자마자 용기를 내 작은 목소리로 주문을 하였다.

성환은 그 와중에 혜연의 요구를 들었는지 침대 옆에 놓인 취침 등을 켜고 방 조명을 꺼 버렸다.

하지만 이미 타오르는 정염으로 인해 이혜연의 몸을 애무를 하면서 3m나 떨어져 있는 스위치를 조종하는 신기를

보였지만, 이혜연은 그런 것을 인식하지 못하고 성환이 애
무하에 몸을 맡겼다.

"아흑! 아흐흥!"

성환의 애무가 진해질수록 이혜연의 입에선 달뜬 신음이
터져 나왔다.

그리고 한순간 두 사람은 한 몸으로 연결이 되었다.

"헉!"

"흡!"

잠시 서로의 몸으로 연결된 상대의 몸을 느끼던 두 사람
은 누가 먼저라고 할 것 없이 본능적으로 율동을 시작했다.

삐걱삐걱!

쪽쪽!

육체의 율동이 열기를 피워 가고…… 두 사람의 열기가
고조가 될수록 그들이 몸을 실은 침대는 두 사람 대신 신음
을 흘렸다.

'아, 아! 대단해!'

이혜연은 성환의 몸을 받아들이면서 태어나 처음으로 섹
스가 즐거운 것인지 처음으로 느꼈다.

죽은 남편에게는 미안한 말이지만, 사실 남편과의 섹스는
그리 즐겁지 못했다.

아무것도 모르던 어린 시절 사장인 최신규에게 강제로 몸을 허락하고 임신을 하게 되었다.

물론 남편 때문에 인기도 얻고 했지만, 인기를 만끽하기도 전에 임신과 함께 그와 결혼을 하고 은퇴 아닌 은퇴를 하게 되었다.

그 뒤로도 남편과 부부 관계를 하면서도 한 번도 오르가즘이란 것을 느끼지 못했다.

사실 그럴 수밖에 없는 것이 최신규는 그녀를 사랑해서 결혼한 것이지만, 이혜연은 최신규를 사랑했다기보다는 임신으로 인해 어쩔 수 없이 결혼을 한 거니까.

그러니 어떻게 그와의 관계에서 오르가즘을 느낄 수 있었겠으면, 또 최신규의 섹스 스타일은 대한민국 보통 남자들처럼 권위적으로 행해졌다.

충분한 전희도 없고, 또 섹스 후 후회도 없는 일방적인 관계였다.

그러니 사실 이혜연에게 남편과의 섹스는 그저 남편의 성욕을 해소해 주는 것 외에는 별다른 것이 없었다.

그런데 지금 성환과의 섹스는 남편과의 섹스와 전혀 달랐다.

이미 정신적으로 성환에게 의지를 하던 중에 불꽃이 띠어 관계를 시작했다.

하지만 성환은 최신규와 다르게 급하게 그녀의 몸에 들어가지 않았다.

그녀의 몸이 준비가 될 때까지 충분히 이혜연의 성감대를 자극해 몸을 달궜다.

그에 그치지 않고 결합 후에도 그저 하체만 반복적으로 움직이는 것이 아니라, 입술과 손 등 자신이 사용할 수 있는 신체를 이용해 계속해서 그녀의 성감대 곳곳을 자극했다.

마치 하체와 별개의 생물체라도 되는 듯 적절히 자신의 감정을 조절하며 이혜연을 자극해 갔다.

그 때문에 이혜연은 한번도 느껴 보지 못한 새로운 세계로 향하고 있었다.

"아학! 아학!"

성환의 입술이 자극을 하고 그의 손이 이혜연의 가슴과 엉덩이를 스칠 때마다 이혜연은 숨넘어가는 신음을 흘렸다.

하지만 그 신음은 고통에 겨워 지르는 신음이 아니라, 주체할 수 없는 환희를 어떻게 표현할 길이 없어 본능적으로 지르는 소리였다.

그런 이혜연을 내려다보며 성환은 마치 조율사가 악기를

조율하듯 자신이 알고 있는 모든 것을 계속해서 그녀의 몸에 펼쳤다.

그럴 때마다 이혜연의 입에서 자지러지는 신음이 흘러나왔다.

"아흥! 아흥!"

밤은 깊어 가고 있지만 이혜연의 신음성은 점점 고조되어 갔다.

8.
USB쟁탈전

"그러니까 자네 말은 그를 감시하기보단 차라리 협조를 구하자는 말인가?"

"그렇습니다."

제갈궁은 권해룡을 공안에 넘기고 상부에 성환에 대한 보고를 할 때, 자신의 견해를 함께 올렸다.

하지만 그런 자신의 보고에 상부의 반응은 냉담한 반응이었다.

"그게 가능하리라 보나?"

"충분히 가능하리라 봅니다. 사실 지금까지 지켜본 저로서는 괜히 위험 부담이 있는 감시보단, 차라리 그와 손을 잡고 적당히 타협을 하는 것이 국가에 이익이라 생각합니다."

상관의 물음에 제갈궁은 소신을 굽히지 않고 계속해서 성환과 협상을 통해 관계 개선을 해야 한다는 주장을 했다.

하지만 이것은 권력층 내부의 세력 구도를 알지 못하고 하는 말이었다.

비록 제갈궁이 세가연합에 속한 제갈세가 출신이라고 하지만, 출신이 직계가 아닌 방계여서 사실 권력 최상위까지 오를 만한 배경은 아니었다.

그러다 보니 권력층 꼭대기의 세력 구도에 관한 사항을 알지 못했다.

그저 조국에 이익이 되는 것에 대한 관점으로 성환을 외국인이라고 배격하기보다는 손을 잡아 그의 능력을 인민을 위해 사용하자는 안건을 낸 것이다.

사실 제갈궁의 주장이 맞다.

하지만 그의 상관은 그것이 옳다는 것을 알면서도 행할 수가 없었다.

그보다 위에 있는 자들이 그것을 원하지 않고 있었다.

만약 제갈궁의 안건을 그대로 받아들인다면 그들의 권력이 자신들과 대립을 하고 있는 소림 출신들에게 확 기울기 때문이다.

어찌 되었든 패왕은 소림의 사람이다.

그것을 억지로 외국인이라는 말로 연관을 짓지 못하게 하고 꼬투리를 잡아 추방하려는 계획인 것이다.

그런데 이러한 사실을 모르는 제갈궁이다 보니 어쩌면 이번 일로 자신이 권력층에 한발 다가갈 수도 있다는 상상해 볼 뿐이다.

물론 성환을 도우면서 그의 도움을 조금만 받게 된다면 단순히 꿈으로만 끝나는 것이 아니라 현실이 될 수도 있다고 생각했다.

"그만 나가 봐!"

항주 공안 특수부 부장으로 있다, 공안 부총경감으로 승진을 한 양만해가 제갈궁의 보고를 받은 뒤 축객령을 내렸다.

한편 제갈궁은 상관의 명령에 밖으로 나가면서도 고개를 갸웃거렸다.

무엇 때문에 이렇게 좋은 기회를 붙잡지 않고 거부를 하는 것인지 이해할 수 없었다.

하지만 자신의 안건이 받아들여지든 그렇지 않든 제갈궁은 상관은 없었다.

자신이 원하는 것의 최우선은 성환과 작은 인연의 끈을 연결해 그의 놀라운 의술로 아픈 동생을 치유하는 것이 최우선 목표였으니까.

그다음 성환이 어떻게 되든, 아니면 공안이 자신의 안건을 받아들이지 않고 이전 계획을 고집하다 낭패를 당하든 관심 밖의 일이었다.

다만 그런 일이 있을 때, 무고한 인민의 피해가 적었으면 하는 바람뿐이다.

사실 중국의 정부는 인민이 웬만큼 죽어 나가지 않으면 눈도 깜짝하지 않는다.

그렇게나 싫어하는 일본만큼이나 인명 경시 사상이 팽배한 곳이 바로 자신의 조국.

차라리 이번 기휘에 정신을 차리지 못하고 아직도 구태의연한 정신으로 인민의 위에 군림하려는 자들을 패왕이 싹 쓸어버렸으면 하는 생각도 약간은 있었다.

❖　　❖　　❖

미국에 CIA가 있다면 중국에는 그와 비견되는 정보기관인 국가안전부(MSS)가 있다.

중국의 국가안전부 줄여서 국안부라 부르는 이들은 대외적으로 알려진 것보다 더 능력이 뛰어난 이들이다.

여느 정보기관의 요원들이 그렇듯 이들도 뛰어난 인재들을 수년간 교육을 거쳐 양성을 한다.

그리고 이런 요원들 중에서도 극비의 존재들이 있는데, 국안부 내에서는 이들을 장강이라는 코드네임이 붙는 이들이었다.

이는 영국 대외 첩보기관인 MI—6의 요원을 영화화 한 007시리즈와 비슷하게 부른다.

그들은 조국과 인민을 위해 희생을 한다는 자부심으로 목숨도 아끼지 않고 자신의 임무에 임하는데, 이들 비밀요원들의 공통점은 모두 무가 출신이라는 점이다.

사실 중국의 첩보기관들은 요원을 뽑을 때, 무가 출신들을 선호하는 경향이 있는데, 그건 그들이 어려서부터 체계적인 수련을 거치기 때문이다.

어려서부터 무술을 익히기 위해 인내와 끈기 그리고 평정심 등을 배우기에 첩보요원으로 양성하기 더욱 유리하기 때문이다.

그들의 또 다른 공통점은 머리가 똑똑하다는 점이다.

어떻게 그런 것인지는 과학적으로 증명이 된 것은 없지만 아마도 수련을 통해 어려서부터 뇌가 활성화되기 때문이 아닌가, 추측할 뿐이다.

아무튼 이런 요원들 중 가장 뛰어난 요원이 있는데, 그의 코드네임은 장강 18호라 불린다.

10년간 그가 투입된 작전에서 한 번도 실패한 적이 없는 신화적인 인물로, 사실 스파이로서 10년을 살고, 성공률 100%을 자랑하는 요원이라면 전설이라 불릴 만했다.

그런데 그런 장강 18호가 지금 누군가에게 쫓기고 있었다.

더욱이 그가 있는 곳은 다른 곳도 아니고 조국인 중국 땅에서 말이다.

헉헉헉!

"젠장! 지독한 놈들!"

코드네임 장강 18호는 미국에 침투를 했다가 우연한 기회에 일본의 내각정보국 요원이 미국의 방위 산업체인 레이온사와 록헤드사 간부와 접촉하는 것을 알게 되었다.

그리고 다각도로 조사한 결과 내각정보국 요원이 원하는 것이 극비리에 개발되고 있는 첨단무기인 탈로스라는 것을 알게 되었다.

사실 중국도 탈로스와 같은 로봇 슈트를 연구 중에 있다.

하지만 그 수준은 미국을 따라가기란 요원한 지경이다.

비록 자신과 같은 스파이와 또 첨단 과학 영재 양성을 목적으로 유학을 보낸 과학자들이 장성을 하고 조국으로 돌아와 연구를 하고 있지만, 아직도 미국을 따라가기에는 멀었다.

그도 그럴 것이 전 세계의 브레인 블랙홀인 미국.

세계 각국의 천재들이 모여 연구를 하다 보니 참신하고 새로운 시도들이 행해졌다.

천문학적인 예산과 다양한 방법들이 시도되면서 미국의 첨단 산업은 날이 갈수록 발전했다.

탈로스 연구도 마찬가지.

그러다 보니 세계 각국의 정보조직들이 미국을 예의 주시하고 있는 상태에서 미국도 그것을 보호하기 위해 많은 노력을 하고 있다.

하지만 어디나 이윤을 위해 조국까지 팔아먹는 매국노가 있기 마련이다.

레이온사의 관계자와 록헤드사 간부도 마찬가지다.

천문학적인 금전 앞에선 회사의 비밀은 자신의 돈벌이 이상도 아니었다.

자신도 그것을 목적으로 미국에 침투를 했는데, 자신보다 먼저 움직인 사람을 발견한 것이다.

하늘이 도운 것이라 생각했다.

어떻게 그들과 접촉을 할 것인지 고민을 하던 때, 생각보다 쉽게 정보를 취득할 기회가 생긴 것이다.

뒤도 돌아보지 않고 그들이 접선하는 장소를 급습했다.

일본의 정보국 요원이 미국의 요원들을 따돌리고, 레이온사와 록헤드사의 접선 자에게 정보가 담긴 USB칩을 넘겨받기 전 그를 대신해 칩을 가로챘다.

처음에는 성공하는 듯했다.

하지만 작은 실수로 정체가 발각이 되어 CIA는 물론, 자신 때문에 물건을 빼앗긴 일본에서도 자신을 쫓기 시작했다.

물론 최대한 정체를 숨기고 자신이 중국인이 아닌 일본인처럼 행사를 했기에 어떻게든 미국을 벗어날 수 있었다.

그렇지만 행운도 거기까지였다.

어떻게 안 것인지 일본의 내각정보국 요원들이 자신을 추격하기 시작했다.

분명 그들의 추적을 따돌렸다 생각했는데, 그렇지 못했다.

비록 자신보다 능력이 모자라기는 하지만 결코 쉬운 상대들이 아니었다.

2명만 모여도 혼자 감당하기 힘들 정도로 실력들이 뛰어났다.

어려서부터 무술 수련을 해 육체 능력은 어느 누구에게도 지지 않을 자신이 있었지만, 자신을 쫓는 일본의 내각정보국 요원들의 능력도 자신 못지않은 능력들을 가지고 있었다.

아니, 은밀함과 추적술을 보면 전설이 된 닌자(忍者)를 보는 것 같았다.

비록 영화에 나오는 복장을 하고 있지는 않지만, 감정이 없는 차가운 눈빛을 보면 그들이 사선을 넘어 극한의 수련을 거친 자들이란 것을 알 수 있었다.

미국을 떠나 일본으로 들어오는 것까지는 생각보다 쉬웠다.

하지만 일본에서가 문제였다.

자신이 일본 공항에 내리자마자 이자들이 마중을 나온 것이다.

그때부터 그의 고난이 시작되었다.

따돌렸다 생각하면 언제 따라붙었는지 금방 자신의 뒤를 추적해 왔다.

결국 일본을 빠져나올 때는 몇 번의 신분 세탁을 하고 그도 안심이 되지 않아 동료의 도움도 청하지 않고 홀로 밀항을 하기까지 했다.

하지만 역시나 닌자의 후예라 그런지 이곳까지 따라왔다.

추적을 따돌리면 몇 번의 전투 중 부상까지 당했다.

다행이라면 이곳이 바로 자신의 조국이란 것이다.

상부에 구조 신호를 보냈으니 조금만 버티면 동료들이 구하러 올 터. 그때까지만 버티면 된다.

이런 생각을 하니 긴장이 풀려서 그런지 눈이 감겨 왔다.

그렇지만 이곳에서 잠을 잘 수는 없었다.

언제 그들이 들이닥칠지 모르기 때문이다.

❖　　❖　　❖

비록 다른 사람이 잡은 방이지만 그 목적은 그대로 사용되고 있었다.

훅! 훅!

이혜연의 몸을 위에서 누르며 연신 허리를 움직였다.

그럴 때마다 이혜연은 자지러지는 신음을 질렀다.

벌써 몇 시간째 두 사람은 떨어질 줄 모르고 서로의 몸에 몰입을 하고 있었다.

이혜연은 너무도 흥분이 되어 두 눈을 감고 성환이 움직이는 대로 반응을 하며 그 느낌을 만끽하고 있었다.

하지만 성환은 이혜연과 관계를 맺으면서도 어느 순간 이상한 기척을 느꼈다.

'음, 어디서 흘러나오는 거지?'

비록 자신과 혜연이 있는 방은 아니지만 근처에서 살기가 포착이 되었다.

살기와 내력 등에 민감한 성환인지라 주변에서 살기가 흐르자 비록 방사를 치르고 있는 도중이긴 하나, 금방 포착을 한 것이다.

이것은 본능과도 같은 것이었기 때문에 자신에게 직접적으로 쏟아지는 기운이 아니지만 일단 위험 여부를 가늠하기 위해 어느 곳에서 살기가 피어나는 것인지 알아보았다.

그러면서도 성환의 허리는 움직임을 멈추지 않고 계속해서 움직여 자신의 밑에 있는 이혜연이 이상한 낌새를 느끼지 못하게 하였다.

사실 이것도 성환이 백두산 비동에 있던 무공 중 무당의 무공인 양심기공을 익혔기에 가능했다.

의식을 둘로 나눠 하나는 지금 하는 일에 집중을 하고,

또 다른 의식 하나는 살기의 근원을 찾는 것에 집중을 했
다.

내기를 운용해 주변을 살피길 얼마나 했을까.

자신과 이혜연이 있는 방을 기준으로 두 칸 정도 떨어진
곳에 어떤 남자가 부상을 당해 쓰러져 있었다.

그 사람을 기준으로 일단의 사내들이 포위를 하듯 포위망
을 좁혀 오고 있었다.

그런데 성환이 의아해하는 것은 쓰러져 있는 사람이나,
그를 포위하고 접근을 하는 사람들이나 내력을 가지고 있다
는 것이었다.

비록 자신에게는 미치지 못하지만 그들의 내력 정도는 상
당해 소림의 일대 제자들 정도의 내력들을 가지고 있었다.

참으로 특이한 일이 아닐 수 없었다.

현대에 내력을 가지고 있다는 것도 특이할 일인데, 산사
에서 수련만 하는 소림의 일대 제자들과 비슷하거나 조금
더 많은 내력을 가지고 있다는 것이 놀라웠다.

성환이 생각하기에 자신이 모르는 비전들이 이 세계에 조
금은 남아 있는 것 같았다.

백두산 비동을 만든 선인은 그런 비전들이 사라지기 전에
자신이 모두 모았다고 했지만, 아마도 선인이 미처 가져오

지 못한 것들을 수습한 조직이 있는 것으로 판단이 되었다.

그런 생각이 머릿속에 정리가 되자 성환은 문득 아직까지 저만한 내력을 운기 할 수 있는 고수들을 양성한 조직이 궁금해졌다.

그동안 자신 외에는 없을 것이라 생각했던 것이 얼마나 잘못된 생각이었나 하는 것을 깨우치게 해 준 것이 고맙기도 하고, 자신이 가진 것과 비교를 해 보고 싶은 욕심도 생겼기 때문이다.

만약 자신이 가진 것보다 더 대단한 것이라면 조국의 미래를 위해서라도 손을 써야만 했다.

자신이 원하는 것의 최우선은 조카의 안전과 행복 그리고 자신 주변인의 행복과 안전을 위해 조국의 안녕이다.

그런데 만약 저들이 가진 것이 자신이 한국에 진행하고 있는 것보다 더 대단한 것을 가지고 있다면 당연히 자신이 원하는 것들이 위협받게 된다.

부상을 당해 쓰러져 있는 사람의 정체를 알지 못하지만 그를 포위하며 접근하고 있는 자들의 은밀함이나 발산하는 살기 등을 봐선 결코 정상적인 무공은 아닌 것으로 판단이 되었다.

그러니 위험 요소가 되는 것은 크기 전에 싹을 제거해야 하는 것이 정석이다.

이런 판단을 하고 있을 때, 쓰러져 있던 자도 자신의 주변으로 포위망이 좁혀지는 것을 감지했는지 새로운 움직임이 포착되었다.

조금 뒤 그 방에서 희미하게 말소리가 들려왔다.

말을 하는 사람들 중 한 명은 중국인이 맞았고, 다른 한 명은 중국인이 아닌 외국인 같았다.

그런 것을 알 수 있었던 것은 그가 하는 말이 조금은 어눌한 중국어였기 때문이다.

'흠, 나도 가 봐야겠군!'

그들의 대화를 엿듣고 있던 성환은 그들의 대화 속에 나오는 물건이 얼마나 중요한 것인지 잘 알고 있다.

대한민국 특전사 대령이던 성환이다 보니 그들의 대화에 나오는 탈로스라는 단어가 뭘 말하는 것인지 금방 깨달았다.

그러니 이혜연과의 섹스에 집중을 하지 못하고 점차 그들의 대화에 집중을 하게 되었다.

조금만 더 이런 상황이 계속 된다면 아마 이혜연도 자신의 변화를 깨닫게 되리라.

그건 이혜연에 대한 예의가 아니라 생각한 성환은 혜연과의 섹스를 그만 마무리하기로 했다.

잠시 나누었던 의식을 집중해 이혜연에게 모든 정신을 쏟았다.

점점 허리의 움직임이 빨라지고, 그럴수록 이혜연의 신음은 더욱 커졌다.

그리고 어느 순간 이혜연은 감았던 눈이 왕방울처럼 커지고 입이 쩍 벌어지며 허리를 튕기며 몸을 세웠다.

"악!"

마지막 순간 너무나 큰 오르가즘으로 인해 이혜연은 단발마의 미명을 지르고 기절을 하고 말았다.

정신은 기절을 했어도 몸은 오르가즘의 환희를 기억하는 듯 부들부들 떨고 있었다.

그런 이혜연을 성환은 말없이 내려다보다 그녀의 몸에서 떨어졌다.

성환의 몸이 떨어지자 이혜연의 몸은 본능적으로 반응이 있었지만, 이미 기절한 그녀는 다른 행동을 보이지는 않았다.

그녀의 몸에서 내려온 성환은 차분히 그녀의 몸에 떨어진 침대보를 가져다 덮어 주었다.

성환은 옷을 입고 혹시라도 자신이 없는 사이 무슨 일이 있을지 몰라 문단속을 하고 베란다를 이용해 처음 느꼈던 인기척이 있던 곳을 향해 뛰었다.

◈　　◈　　◈

비록 자신이 머물던 곳이 89층의 고층이라고 하지만 성환에게 그런 것은 장애가 되지 않았다.

옆방의 베란다와는 2m의 간격이 있었다.

그것을 뛰어넘고 또 뛰어 그들이 있는 방의 베란다에 안착했다.

탁!

아주 미약한 소리가 들리긴 했지만 눈치챈 사람은 아무도 없었다.

그럴 수밖에 없던 이유는 베란다 창문이 굳게 닫혀 있어 밖에서 나는 소리가 안으로 침투하지를 못했기 때문이다.

난방과 방음을 위해 이중으로 된 창이다 보니 소리가 안으로든 또는 안에서 밖으로든 침투를 하지 못하게 설계가 되어 있는 것이다. 겨우 베란다에 내려앉는 소리 같이 작은 소리가 방 안으로 들어가질 못하는 것이다.

조심스럽게 걸어가 방 안을 살펴보니 방 안에는 이미 여러 사람의 인기척이 느껴졌다.

"유월협! 아니, 장강 18호! 어서 가져간 물건을 넘겨라!"

"후후, 내가 왜? 그것을 너희에게 넘겨야 하는 거지? 너희의 물건도 아니질 않나."

장강 18호는 자신을 향해 자신이 가로챈 탈로스의 설계도가 들어 있는 USB를 넘기라는 남자를 보며 말했다.

그런 장강 18호의 말을 들은 남자는 얼굴 표정 하나 변하지 않고 다시 말을 했다.

"맞아. 우리 것도 아니지만, 우린 정당한 대가를 지불하고 물건을 인계받은 것이다."

"하하! 이거 왜 이러시나! 그게 어떻게 정당한 거래를 하고 구입한 물건이란 말이지? 그럼 이걸 미국에게 물어볼까?"

사내의 말에 장강 18호는 마치 웃긴 이야기를 들었다는 듯 큰 소리로 웃으며 그의 말을 받았다.

그런 장강18호의 대답에 말을 걸었던 남자의 표정이 점점 굳어졌다.

"네가 지금 나를 상대로 시간을 끌어 보려고 한다는 것을 알고 있다. 하지만 이걸 알아 둬야 할 것이다. 네가 한 구원 요청은 이미 차단되었다."

"뭐! 아니, 어떻게?!"

장강 18호는 사내의 말에 깜짝 놀랐다.

자신이 구원 요청을 한 것을 어떻게 알았으며, 거기다 어떻게 차단을 했다는 것인지 물었다.

하지만 그의 질문을 받은 남자는 장강 18호의 궁금증을 해결해 줄 생각이 없었다.

다만 비슷하게 힌트를 주며 그를 놀리고 있었다.

"후후, 어떻게 했을까? 뇌물에 넘어간 것이 비단 그들뿐이라 생각하나?"

사내가 말하는 그들이란 누굴 말하는 것인지 장강 18호도 잠시 생각하더니 그들이 누군지 금방 알 수 있었다.

일본 내각정보국 요원에게 포섭이 된 레이온사의 연구원과 록헤드사 간부들이란 것을 모를 정도로 아둔하지 않았다.

아둔했다면 스파이로 선택이 되지도 않았을 것이니 말이다.

한편 밖에서 이들의 대화를 엿듣고 있던 성환은 두 사람의 대화 내용을 듣고 이들만 처리를 한다면 탈로스의 설계도가 들어 있다는 물건을 자신이 차지할 수도 있을 것 같았다.

그런 생각이 들자 성환은 행동에 들어가기로 했다.

굳이 시간을 지체해 저들이 차단했다는 구원병이 올 수도 있고, 아니면 새로운 돌발 변수가 발생할 수도 있으니 얼른 일을 처리하고 돌아가야만 했다.

사실 기절한 이혜연이 언제 깨어날지도 모르는 문제이고, 깨어난 이혜연이 자리에 없는 자신을 찾기 위해 밖으로 나왔다가 이들과 마주쳤다가는 혹시나 해라도 입을 수 있기 때문이다.

◈　　◈　　◈

타타타타!

늦은 시각 상해 상공에 헬리콥터의 로터 소리가 요란하게 울리고 있었다.

"보스! 곧 도착입니다."

조종석에 앉아 있던 마이클은 고개를 뒤로 돌리며 말을 했다.

곧 자신들이 목표한 위치에 도착을 하니 뒤에 있는 자신의 상관에게 보고를 한 것이다.

CIA특수작전 팀에 들어와 수많은 작전을 했지만, 오늘

만큼은 정말이지 긴장을 늦출 수가 없었다.

CIA의 작전이 그렇듯 해외 작전은 모두 은밀함을 요구하는데, 오늘 작전은 특히 더 그랬다.

사실 지구상에 조국 미국과 견줄 나라가 몇이나 되겠는가?

전 세계의 전력의 2/5를 가지고 있는 곳이 바로 미국이다.

전 세계를 무대로 유일하게 작전을 펼칠 수 있는 나라가 미국이고, 또 세계 어느 나라와도 전쟁을 수행할 수 있는 나라가 바로 미국이다.

하지만 그런 미국에게도 한때 편을 가르고 대치를 하던 소련의 후신인 러시아나, 동아시아의 대국 중국은 주의를 해야 할 대상이다.

특히 21세기에 들어 개방을 하고 자본주의를 수용하면서 중국은 무섭게 미국을 쫓고 있었다.

세계의 굴뚝이 되어 자연환경이나 인명은 생각지 않고, 오로지 돈을 위해 무지막지하게 세계의 경제를 잠식해 가기 시작했다.

아직까지는 그렇지만 중국의 군사력은 이젠 러시아에 육박할 정도로 커져 미국이라도 함부로 다룰 수가 없었다.

객관적인 전력은 아직도 한참을 밑돌지만, 그들의 뻔뻔한 외교정책은 상식을 가진 나라들이 상대하기에는 무척이나 고달팠다.

그런 나라에서 작전을 하려고 하니 여간 긴장이 되었다.

만약 자신들이 자신의 땅에서 비밀 작전을 수행했다는 사실이 밝혀진다면 외교 문제로 비화될 수도 있었다.

물론 이번 작전이 그들이 조국에서 빼내 간 극비 자료를 회수하는 일이지만, 어찌 되었든 불법으로 영토를 침범한 것이니 만약 이 사실이 알려진다면 무조건 손해를 보는 것은 조국일 것이다.

너무 긴장을 했는지 마이클의 목소리가 조금 갈라졌다.

그런 마이클의 긴장을 풀어 주려는 듯 그가 부른 그의 상관은 미소를 지으며 대답을 했다.

"벌써 도착한 거야! 그런데 마이클 뭘 그리 긴장을 해? 우리가 작전을 한두 번 하는 것도 아니고, 긴장 풀어! 그렇게 긴장을 하다간 될 일도 안 돼!"

"알겠습니다."

CIA특작팀 팀장인 오웬 하트는 마이클의 대답을 듣고 주변에 있는 또 다른 팀원들에게 말을 건넸다.

"다들 들었지? 준비해!"

"네!"

철컥! 철컥!

각자 자신의 개인 장비를 점검하며 팀장인 오웬의 지시를 들었다.

그런데 그들의 복장이 무척이나 특이했다.

마치 영화에 나오는 사이보그 로봇이나 아니면 중세 기사들의 갑옷과 비슷한 복장을 하고 있었는데, 그 디자인이 세련되어 투박해 보이지 않았다.

날렵하게 뻗은 바디 라인이나, 부분적으로 메탈 소재 재질로 된 부분은 무광 코팅을 하여 빛이 반사하는 것을 막았다.

그것으로 보아 그들이 착용한 복장이 방탄복의 일종이며, 이런 작전에 투입되기 위해 특수 제작된 물건이란 것을 알 수 있었다.

"작전에 들어가기 전에 장비를 최종 점검한다. 그리고 신형 아머 슈트의 실전 테스트도 병행하는 것이니 작전이 끝나고 보고할 수 있도록."

"알겠습니다, 보스!"

"예!"

이들이 입고 있는 장비는 탈로스, 파워 슈트 또는 엑소스

켈레톤 아머라 불리는 것으로 이들은 이것을 아머 슈트라 부르고 있었다.

신체의 바이오리듬을 체크하는 것은 물론이고, 근육을 자극해 평소의 3배에 이르는 파워를 내게 만든다.

그리고 비상시에는 특수 약물이 주입되는 기능까지 갖춰졌다.

이전에 개발된 것은 바로 이 기능이 없었는데, 이번에 개발된 신형 아머 슈트는 내부에 주사기가 있어, 비상시 약물이 몸에 주입되어 아머 슈트를 장착하고 있을 때의 2배의 힘을 내게 만들어 준다.

물론 한순간 힘을 얻는 대가로 장시간 요양이 필요할 정도로 약물의 후유증이 심하지만, 그래도 죽는 것보다는 좋은 것이니 이들도 위기의 순간 이것을 사용할 것이다.

예전에는 사실 작전에 투입되었다가 위험한 순간이 되면 독약을 먹어 자살을 했었다.

그래야 자신의 조국이 불법적인 비밀 작전을 했다는 것이 밝혀지지 않기 때문이다.

아니, 알려지더라도 증거를 남기지 않기 때문에 가장 많이 이용되곤 했다.

하지만 이들에게 아머 슈트가 지급이 되면서 그런 방법을 사용할 수 없게 되었다.

작전의 성공을 위해 아머 슈트를 지급하고 보니 또 다른 문제가 발생이 된 것이다.

바로 요원이 비밀을 지키기 위해 자살을 했을 경우 그가 사용하던 아머 슈트가 적들의 손에 들어가는 일이 발생한다.

그렇게 되면 극비에 속하는 아머 슈트의 비밀이 적국에 새어 나갈 수 있게 된다는 사실이다.

그런 관계로 어떻게 하면 자신들이 비밀 작전을 펼친 것을 숨기고 또 극비인 아머 슈트의 비밀도 지킬 수 있는지 연구를 하게 되었는데, 그 해결책은 의외로 간단했다.

바로 잡히지 않으면 되는 일이었다.

잡히지 않는데 어느 나라가 자신들의 나라에서 작전을 한 것이라 단정 지을 것이며, 또 아머 슈트의 비밀을 알 것인가?

물론 심증이야 하겠지만 증거가 없으니 자신들은 오리발을 내밀면 되는 일이다.

그렇게 해서 아머 슈트를 착용하고 작전에 투입되는 요원들에게 각성제가 지급이 되었다.

부작용이 있는 약물이지만 만든 것이니 중요한 작전 때마다 사용을 했다.

뛰어난 무기를 가지고 있는데, 부작용이 무서워 사용하지 않을 이유가 없었다.

적당량 부작용이 심하지 않을 정도만 투약을 하면 부작용을 최소한으로 줄일 수 있다는 것도 알게 되었기에 각성제를 실전에 사용하기 시작했다.

물론 각성제의 실험은 전적으로 극비 사항이기에 CIA 내에서도 핵심간부 몇 명만 아는 비밀이다.

아무튼 이전에 사용되던 아머슈트는 이런 각성제를 사용하기 위해서 일부 장비를 해체하고 약을 주사한 뒤 다시 착용을 하는 불편함이 있었지만 신형 아머슈트는 그런 불편함을 개선한 물건이었다.

"5분 뒤 목표에 접근합니다."

"알았다. 마이클 너도 시간에 맞춰 대기 잘해!"

"알았어!"

동료들의 말에 마이클은 걱정하지 말라는 듯 알았다는 대답을 했다.

같은 특작팀 일원이긴 하지만 마이클은 이들의 진입과 탈출을 보조하는 요원이다.

그렇기에 그만 유일하게 아머 슈트를 입고 있지 않았다.

한 벌에 천만 달러나 하는 고가의 장비를 지원 요원인 그에게까지 보급하기란 아무리 천문학적인 자금을 운용하는 CIA라도 무리이기 때문이다.

아니, 무리가 아니더라도 CIA에 특작팀이 이들만 있는 것도 아니기에 차라리 지원 요원에게 지급할 아머 슈트가 있다면 새로 팀을 하나 더 꾸리는 것이 CIA에 더 유익한 일이기에 지급을 하지 않았다.

아무튼 현장 요원들이 목표에 보다 빠르게 접근을 하는 것을 돕기 위해 목표 근처에 실어다 주고 대기를 하면 된다.

마이클은 이미 사전에 황룡빌딩 헬리콥터 착륙장을 사용하기 위한 허가를 받아 놓은 상태이기에 절차대로 움직였다.

민간 기업 헬리콥터로 위장을 한 CIA특수작전용 헬기를 몰아 빌딩 착륙장에 안착을 한 마이클은 허가서를 가지고 경비실로 향했다.

마이클이 나가고 3분 뒤 신호가 왔다.

헬멧까지 뒤집어 쓴 이들은 전면에 보이는 화면 하단에 깜박이는 것을 보며 마이클이 빌딩 컨트롤 룸을 장악했다는 것을 알고 작전에 들어갔다.

"GO!"

오웬의 외침에 요원들이 헬기 밖으로 뛰기 시작했다.

그런데 이상한 것은 이들이 옥상 계단으로 뛰는 것이 아니라 난간 밖 외벽을 향해 뛴다는 것이었다.

휙!

난간을 짚고 요원들은 낙하산도 없이 빌딩을 뛰어내렸다.

❖　　❖　　❖

호텔 방을 주시하던 성환은 방 안으로 뛰어들려다 멈추고 고개를 들어 하늘을 보았다.

어두운 밤 하들이 그의 눈에 보였지만, 성환은 그것을 보는 것이 아니라 무언가 위쪽에서 내려오는 낌새를 포착하고 하던 행동을 멈추고 몸을 뛰어 베란다 천정에 붙었다.

성환이 그렇게 천정으로 숨고 곧 누군가 그가 서 있던 자리에 들어왔다.

턱! 슉! 철컹!

작은 금속성 소음이 일긴 했지만, 방 안에서는 어떤 낌새도 알아차리지 못했다.

탁! 탁! 탁!

검은 인형들은 성환이 있던 베란다뿐 아니라 그 좌우에 있는 방의 베란다에도 내려섰다.

총 6명이 위에서 내려왔는데, 2명씩 짝을 지어 각각 베란다에 자리했다.

성환은 자신이 있던 곳뿐 아니라 좌우에 있는 방의 베란다에도 검은 인형이 내려선 것을 확인하고 눈을 반짝였다.

'새로운 자들이군!'

성환은 안에 있는 사람들이 동료가 아니라 각각 다른 세력이고, 이번에 나온 이들도 그들의 동료가 아니란 것을 금방 깨달았다.

성환이 뒤늦게 나타난 이들이 안에 있는 자들과 동료가 아니라 판단한 근거는 바로 이들이 입고 있는 복장 때문이었다.

비록 군대를 떠나긴 했지만 자신이 떠난 2년 사이 아무리 과학이 발전했다고 해도, 방금 전에 나타난 이들이 입고 있는 것이 무엇인지 모를 정도로 정보에 깜깜한 이가 아니다.

또 안에 있는 자들의 정체를 짐작하고 있는 성환은 새로 등장한 자들의 목적을 단번에 알 수 있었다.

그런데 나타난 이들은 금방 봐도 그들과 동료가 아니란 것을 알 수 있다.

지금 나타난 이들도 안에 있는 자들과 마찬가지로 핍박받고 있는 장강 18호라는 자에게 관심을 보이고 있었기 때문이다.

그것을 본 성환은 이들도 장강 18호가 가진 USB가 목적인 것이 분명했다.

성환이 이렇게 새로 나타난 자들의 정체에 관해 생각하고 있을 때, 나타난 자들이 움직이기 시작했다.

좌우의 방에 있던 자들이 사라졌다.

내공을 풀어 이들의 움직임을 좀 더 지켜볼 필요를 느낀 성환은 조금 전과 다르게 USB를 둘러싼 삼파전을 지켜보기로 했다.

굳이 먼저 나서서 이들의 관심을 받을 필요가 없기 때문이다.

최후의 승자가 가려졌을 때, 그때 나서도 충분했다.

아니, 그게 가장 좋은 방법이다.

즉 어부지리(漁父之利)를 취하려는 것이다.

◈　　◈　　◈

한편 아직 밖에서 어떤 일이 벌어지고 있는지 모르는 방 안의 사람들도 새로운 국면에 들어서고 있었다.

"제압해라!"

조금 천까지 물건을 내놓으라 요구하던 닌자들의 대장은 자신의 부하에게 유월협을 제압하라 지시를 내렸다.

명령이 떨어지자 닌자들 중 2명이 앞으로 나서서 유월협에게 다가갔다.

모든 닌자들이 움직이면 혹시나 유월협이 빠져나갈 수도 있기 때문에, 그런 시도를 사전에 방지하고자 입구를 막고 또 그가 빠져나갈 탈출로를 모두 봉쇄하고 움직였다.

그런데 이때 돌발 상황이 발생했다.

와장창!

"뭐야!"

돌발 상황에 당황한 요시오는 베란다 창문을 깨고 들어오는 자들에 깜작 놀랐다.

하지만 곧 정신을 차리고 지시를 내렸다.

"물건을 찾을 때까지 적을 막아!"

요시오의 지시에 느긋하게 유월협에게 접근하던 닌자들은 따르게 그에게 접근해 제압을 하려고 했다.

그리고 새로 난입된 자들로 인해 순간 기회를 잡은, 유월협은 자신을 향해 접근하는 닌자들을 상대로 빈틈을 노렸다.

지금이 아니면 다시는 기회가 없을 것이란 사실을 느낀 그는 차분히 정신을 집중해 남은 내기를 체크해 보았다.

탈출을 하는 과정에서 많은 내력을 소비했다.

그리고 닌자들을 피해 다니느라 부상도 입어 정상적인 상태는 아니었다.

다만 본부에 연락을 하고 이곳에서 휴식을 취하면서 소모한 내력을 절반 정도 회복을 했다.

하지만 이것을 가지고 안전하게 이 자리를 빠져나갈 수 있을지는 알 수 없었다.

그렇기에 아무렇게나 막 사용할 수가 없었다.

'침착하자! 침착해! 기회는 올 것이다.'

자신을 향해 접근하는 닌자들을 보며 유월협은 점점 빠르게 뛰는 심장을 진정시키며, 긴장을 풀어 보려고 노력을 했다.

이런 순간에 긴장을 하면 절대로 좋은 결과를 낼 수 없다는 것을 누구보다 잘 알고 있다.

그러니 이런 위기의 순간일수록 보다 냉철한 이성을 유지

해야만 했다.

지금 나타난 자들도 경계를 해야만 하는 상황이다.

닌자들을 상대하고 있지만, 저들이 본부에서 보낸 구원자가 아니란 것을 자신도 잘 알고 있기 때문이다.

아니, 오히려 닌자들보다 더 위험한 자들일 수 있었다.

딱 봐도 저들이 미국에서 보낸 자들이란 것을 짐작할 수있기 때문이다.

닌자들은 어떻게든 자신에게서 USB를 찾기 위해 그 물건을 찾을 때까지는 자신을 살려 둘 것이지만, 지금 들어온자들은 그들과 반대로 자신을 어떻게든 죽이려 들 것이 분명했다.

처음은 닌자들처럼 USB의 행방을 찾기 위해 노력을 하겠지만, 만약 자신이 그것의 행방을 알리지 않는다면 자신을 죽여서 아무도 그것의 행방을 찾지 못하게 만들 것이기때문이다.

이런 생각을 하니 이제는 자신에게 접근하는 닌자들 보다난입한 자들이 더 신경이 쓰이기 시작했다.

한편 방으로 난입한 CIA특작대는 일단 눈앞에 보이는자들을 공격하기 시작했다.

검은 슈트를 입고 얼굴에는 검은 마스크를 한 모습이 이들도 자신들처럼 정체를 들키지 않게 분장을 하고 있다는 것을 알 수 있었다.

참으로 특이한 복장을 하고 있어 정체를 알 수는 없지만 어차피 상관이 없었다.

물건을 가지고 있는 중국인과 그를 쫓는 동양인들을 보면 이들이 같은 편이 아니란 것을 알 수 있으니 말이다.

같은 편이어도 상관은 없었다.

어차피 자국의 물건을 훔친 이들이니 모두 사살할 것이다.

특작팀인 자신들이 나섰다는 것은 이미 침묵 작전이란 것을 의미한다.

즉, 이번 작전에 관계된 적들을 모두 제거해 아무도 이번 작전에 관해 알지 못하게 하는 일이다.

이미 이 일에 일본의 내각정보국과 중국의 국안부가 관여되었다는 정황 증거를 확보했다.

두 나라 모두 이번 일에 대하여 떳떳하게 드러낼 수 없으니 자신들이 이들을 처리한다고 해서 문제될 것도 없었다.

숫자는 자신들보다 많지만, 오웬은 적들에 대한 걱정은 없었다.

지금까지 어떤 적을 상대로 작전을 했어도 한 번도 위기에 처한 적이 없었다.

그러니 눈앞의 적도 마찬가지다.

자신들이 아머 슈트를 착용하고 작전에 들어간 이상 이들의 미래는 정해져 있는 것이니까.

이런 생각을 한 오웬은 느긋하게 방 안으로 들어갔다.

이미 출입구는 모두 자신들에 의해 봉쇄되었다.

빠져나갈 공간을 점거하고 기습을 한 것이니 금방 끝날 것이다.

적들을 쉽게 생각한 오웬은 굳이 자신이 나서지 않아도 금방 끝날 것이라 생각을 했지만 적은 만만치 않았다.

사실 오웬은 모르고 있었으나, 닌자들이 입고 있는 슈트도 평범한 물건이 아니었다.

닌자들이 입고 있는 슈트는 탄소나노튜브를 이용한 인공 근육이었다.

겉의 형태가 옷의 형태를 하고 있을 뿐이지 안감은 인공 근육으로, 아머 슈트에 미치지는 못하지만 상당한 신체 능력을 향상시켜 주는 물건이었다.

닌자들은 고대로부터 내려오는 비전을 수련한 능력자들이었다.

영화에서처럼 연기를 이용해 사라지고 그런 것은 아니나,

인체의 사각을 적절히 이용해 마치 사라지는 것처럼 움직이는 것이다.

그런데 이런 움직임을 도와주는 것이 바로 이 탄소나노튜브 섬유를 이용한 슈트였다.

극한의 움직임을 보일 때, 신체가 육체 능력을 따라가지 못하고 근육이 파열을 일으킬 수 있는데, 이것을 슈트가 보조를 해 주는 것이다.

그러니 아무리 아머 슈트를 입은 CIA요원이라고 하지만 쉽게 이들을 처리할 수는 없었다.

즉, 그 말은 기본적인 육체 능력은 닌자들이 CIA특작대 요원들보다 월등하기에 쉽게 판가름을 낼 수 없다는 말이었다.

더욱이 닌자들이 수적으로 우세한 지금 방심을 했다가는 낭패를 볼 수도 있는 일이다.

사실 닌자들도 처음부터 이 슈트를 지급받은 것은 아니었다.

닌자들이 슈트를 지급받게 된 것은 전적으로 유월협 때문이었다.

많은 내각정보국 요원들과 일본의 정부부의 천라지망을 빠져나가면서 유월협이 그들에게 준 피해를 최소한으로 막기 위해 그리고 압도적인 무력으로 생포를 하기 위해 극비인 슈트를 지급한 것이다.

아머 슈트처럼 닌자들이 입고 있는 슈트도 내각정보국 내에서 특수작전에 투입되는 요원들에게 지급을 하는 것이기 때문이다.

사실 슈트도 일본이 개발 중인 아머 슈트에 들어갈 기술 중 하나로 만들어진 물건이다.

그러니 그런 기능을 가진 것이다.

그러다 보니 닌자들과 CIA특작팀의 전투는 생각보다 오래 지속되었다.

그 때문에 닌자들의 대장인 요시오나 CIA특작팀 팀장인 오웬은 점점 초조해지기 시작했다.

벌써 작전이 시작된 지 오래되었기 때문이다.

이런 작전은 사실 신속, 정확이 관건이다.

그런데 뜻하지 않은 변수로 인해 작전 시간이 늘어나고 있기 때문에 두 사람의 표정이 점점 굳어 갔다.

국안부 내부에 첩자를 집어넣어 시간을 벌어 두었던 요시오지만, 언제까지 시간을 허비할 수는 없었다.

특히 이렇게 소란스러운 상태가 언제까지 다른 사람들의 눈에 띄지 않을 것이란 보장도 없었기 때문이다.

그리고 이런 생각은 오웰 또한 마찬가지였다.

중국과 미국의 관계는 사실 중국과 일본만큼이나 좋지 못한 상태이다.

그건 중국 옆에 자리한 대만이란 작은 섬 때문인데, 중국은 대만을 자신의 땅으로 복속하기를 원하고, 미국은 대만이 독립국가로 존속하길 원하기 때문이다.

그러니 지금까지 첨예하게 그 문제에 관해서 대립을 하다 보니 중국과 미국의 관계는 아직도 불편한 관계에 놓여 있다.

9.
어부지리

내각정보국 소속 닌자들과 CIA특작팀이 자신이 가진 USB를 차지하기 위해 싸움을 벌일 때, 유월협은 조금 전에 회복한 내력을 이용해 베란다로 이동을 했다.

비록 이곳에 89층의 고층이긴 하지만 건물 외벽에 튀어나온 요철 부위를 이용한다면 안전하게 피신을 할 수 있을 것이라 판단을 내렸기에 베란다로 이동을 한 것이다.

닌자들과 CIA특작팀 그리고 장강 18호라 불리는 유월협이 치고받고 싸움을 하고 있을 때 베란다 밖 천장에 붙어 있던 성환은 눈을 반짝였다.

솔직히 성환의 능력이라면 안에 있는 자들을 모두 처리하고 유월협을 납치할 수도 있었다.

하지만 성환은 안으로 난입하는 대신 그들이 치고받고 싸우는 것을 방관했다.

굳이 자신까지 끼어들어 혼란을 가중할 필요가 없기 때문이다.

그리고 안에 있는 자들 중 어느 누구도 유월협이 아직까지 여력이 있다는 것을 눈치채지 못한 것으로 보였다.

그것을 알 수 있는 것은 현재 싸움을 벌이는 그 누구도 유월협이 은밀하게 탈출을 기도하고 있다는 것을 모르고 서로를 견제하며 싸움을 하고 있기 때문이다.

또 다른 존재가 자신을 지켜보고 있다는 것도 모르고 유월협은 어느 정도 몸을 빼자 베란다 밖으로 몸을 날렸다.

이때 뒤에서 부하들이 CIA특작팀을 상대로 싸움을 하는 것을 지켜보던 요시오는 주변을 살피다 유월협이 베란다 밖으로 몸을 날리는 것을 보았다.

"앗! 저, 저놈이!"

89층에서 밖으로 몸을 날리는 유월협을 보면서도 요시오는 그를 따라 움직일 수가 없었다.

그건 그가 움직이는 길목에 CIA특장팀의 팀장인 오웬이 있었기 때문이다.

닌자 2명을 상대로 여유 있는 모습을 보이는 오웬을 그냥 두었다가는 어렵게 양성한 닌자를 잃을 것이란 생각에 쉽게 몸을 빼지 못했다.

오웬을 상대하는 닌자들이 더 힘들어진다면 언제든 끼어들어 그들을 구해야 하기 때문이다.

현재도 그들을 도울 수는 있지만 그렇게 했다가는 다른 곳에서 밀리게 된다면 손을 쓸 수 없기에 최대한 부하들과 CIA특작팀의 전투를 보면서 가장 위험한 곳을 먼저 지원하려는 생각이다.

현재 두 집단이 전투를 하고 있지만, 서로 소속이 어디란 것은 알고 있었다.

일본과 미국이 동맹 관계라고 하지만 첩보의 세계에서 동맹이란 없다.

자국의 이익을 위해서라면 아무리 동맹이라도 상관하지 않고 비밀을 빼내야 한다.

유월협이 가진 USB칩도 사실 미국의 것이지만 일본이 빼돌렸던 것이다.

그것을 중간에 중국이 가로챈 것이고, 특작팀은 그것을 회수하기 위해, 그리고 닌자들은 상부의 명령으로 탈취당한 USB를 유월협에게서 찾기 위해 중국까지 침투를 하였다.

그러니 서로 한 치의 물러섬이 없었다.

유월협이야 부상을 당했으니 눈앞에 있는 자들만 처리하고 추적을 해도 충분했다.

비록 이곳이 중국이라고 하지만 부상당한 그가 국안부로 들어가기 전에 충분히 잡을 수 있다는 계산에 따른 판단이다.

"빨리 처리해!"

요시오는 유월협이 방을 빠져나가는 것을 확인하고 CIA 특작팀과 싸움을 하는 닌자들에게 소리치며 자신도 싸움에 끼어들었다.

싸움에 뛰어드는 그의 손에는 언제 꺼냈는지 길이 45㎝ 정도의 작은 칼이 들려 있었다.

전체적으로 모양이 일본도 즉 카타나를 축소한 모양을 하고 있는데, 악(鍔)이 붙어 있지 않은 형태의 것이었다.

마치 단도의 형태를 띠고 있는 그것을 들어 공격을 했다.

요시오가 전투에 합류를 하자 그동안 느긋하게 닌자 2명을 상대하던 오웬도 그냥 있을 수는 없었다.

닌자들을 이끄는 요시오가 전투에 참여를 하자 바로 부하들이 밀리는 것이 눈에 띄었기 때문이다.

아무리 자신들이 신형 아머 슈트를 입고 있다고 하지만.

닌자들도 뭔가 특수한 장비를 착용하고 있다는 것을 그동안 전투를 하면서 파악을 했다.

그런데 숫자도 난자 쪽이 많은데, 일반 닌자들보다 더 뛰어난 자가 전투에 뛰어들었으니 이대로 가다가는 자신들이 밀릴 수밖에 없다는 판단에 오웬은 빠르게 판단을 했다.

'중국 놈은 나중에 처리해도 된다. 일단 닌자들을 떨쳐내는 것이 우선이다.'

생각을 정리한 오웬은 빠르게 지시를 내리기 시작했다.

"마이크, 루크! 퓨리의 사용을 허가한다. 도노반과 베일리는 최대한 현 상태를 유지한다."

그리스 신화에 나오는 분노의 여신의 이름을 가진 각성제의 사용을 허가한 것이다.

확실히 퓨리는 그 이름처럼 사용했을 때, 복용자에게 엄청난 힘을 주지만 부작용도 심했다.

그렇기에 모든 요원에게 퓨리를 복용하게 하지 않고 퓨리를 복용한 마이크와 루크가 약효가 떨어져 탈진할 때를 대비해 그들을 데리고 탈출하기 위해 도노반과 베일리를 남겨뒀다.

오웬의 명령이 떨어지자 마이크와 루크는 주저하지 않고 퓨리를 복용했다.

사실 복용이라기보다는 주입이라고 하는 것이 맞을 것이다.

탈로스에 있는 음성 인식 장치를 이용해 지정된 신호를 보내면 탈로스의 각 부분에서 주사 바늘이 나와 주사액을 주입하는 것이다.

아무튼 퓨리를 사용한 마이크와 루크는 이전과는 다른 움직임을 보여 주었다.

움직임과 파워가 배는 증가해, 상대하던 닌자를 간단하게 무력화시켰다.

그렇지 않겠는가? 상대하던 사람이 갑자기 2배나 강해져 공격을 하는데, 아무리 고난이도의 훈련을 받은 닌자라 해도 그 힘을 받을 수가 없었다.

그렇게 한 번 밀리기 시작하자 홍수에 방죽이 무너지는 것처럼 닌자들은 급속히 뒤로 밀리기 시작했다.

한편 갑작스런 적의 강력한 반격에 밀리기 시작하는 부하들을 보며 요시오는 인상을 찡그렸다.

한시라도 빨리 이들을 제압하고 도망친 유월협을 추적해야 하는데, 뜻하지 않게 이들의 반격에 뒤로 밀리기까지 하자 표정이 좋지 못했다.

아무리 상대가 CIA의 특작팀이라 하지만, 자신들도 내각정보국 산하 특수부대가 아닌가?

그런데 자신들이 수적으로 우세하면서도 뒤로 밀리고 있었다.

'확실히 미국의 아머 슈트는 상대하기 힘들군!'

사실 일본에도 아머 슈트와 비슷한 것이 있다.

그리고 그것을 상대해 보기도 했다.

왜냐하면 CIA가 작전에 아머 슈트를 사용한다는 것을 알고 있었기에 언제 CIA특작팀과 대면할지 모르기에 미리 연습을 했었다.

그런데 그때 상대했던 자국의 아머 슈트와 지금 상대하고 있는 이들이 입고 있는 아머 슈트는 천지차이였다.

비록 아머 슈트가 뛰어난 성능의 물건이긴 하지만, 고도로 훈련된 닌자들이라면 충분히 상대가 가능했다.

놀라운 힘을 가지고 있지만, 전투는 힘만 가지고 하는 것이 아니다.

힘과 스피드 그리고 타이밍이 복합적으로 이뤄져야 전투에 승리를 할 수 있다.

하지만 아머 슈트는 파워는 늘려 주지만 인간의 관절 구조를 아무리 자연스럽게 펼치기 위해서는 그래도 관절의 각도 같은 게 부족했다.

그러다 보니 스피드가 떨어지게 되었다.

그런데 지금 상대하고 있는 미국이 개발한 아머 슈트는 그런 제약을 극복한 것이다.

자신들 보다 떨어지던 스피드도 이젠 능가하고 있었다.

저런 것이 있다면 진즉 사용했으면 자신들이 이렇게까지 버티지도 못했겠지만 뭔가 제약이 있음을 짐작한 요시오는 더 이상 그들을 상대하기보다는 뒤로 물리는 것이 좋겠다는 판단을 내렸다.

굳이 CIA와 계속해서 대결을 하다 유월협을 놓친다면 손해가 이만저만이 아니기 때문이다.

어느 정도 희생을 한다면 저들을 처리할 수는 있겠지만, 그렇게 했다가는 자신들의 피해도 엄청날 것이 분명했다.

물론 유월협이 가지고 있는 설계도보다는 저들이 착용한 아머 슈트를 가져가면 더 좋겠지만 그럴 수 있다는 보장도 없었다.

지금처럼 뭔가 특수한 기능을 사용하는데, 또 다른 기능이 없으리라는 보장도 없기 때문이다.

그리고 조금 이들의 우두머리로 보이는 자의 기세도 심상치 않아 언제까지 저들과 싸우고 있을 수도 없다는 생각에 퇴각을 명했다.

"더 이상 저들을 상대하지 말고 이만 퇴각한다. 흩어졌다가 B—1로 집결한다."

요시오의 명령이 떨어지자 CIA특작팀과 전투를 벌이던 닌자들이 일제히 뒤로 물러나 전투 지역을 빠져나갔다.

요시오 역시 자신을 가로막고 있는 오웬을 뛰어넘어 건물 밖으로 나갔다.

아까 유월협이 자신들의 전투를 할 때 빠져나간 것처럼 그 뒤를 따른 것이다.

CIA와 전투를 피하면서도 자신들의 손에서 도망친 유월협의 추적을 계속하기 위해 그도 건물 밖으로 뛰었다.

하지만 요시오는 베란다를 넘으면서도 이상함을 느꼈다.

비록 유월협이 빠져나가고 몇 분의 시간이 흘렀다고 하지만 밖으로 나온 그의 눈에 어떤 흔적도 보이지 않았던 것이다.

'이게 어떻게 된 일이야!'

빌딩 외벽을 타고 내려오면서 살펴보지만 그 어느 곳에도 유월협의 흔적이 보이지 않자 요시오는 당황하기 시작했다.

그렇다고 다시 외벽을 타고 오르기에는 위에 있는 CIA가 위협적이었다.

하는 수없이 일단 안가로 퇴각을 했다가 정비를 한 뒤 다시 추적을 해야 할 것 같았다.

'제길, 벌써 몇 번째야!'

요시오는 더 이상 유월협의 흔적을 찾는 것을 포기하고 떨어지는 속도를 줄이기 위해 베란다의 난간을 밟으며 내려갔다.

한편 자신들과 싸우던 닌자들이 물러가자 오웬은 닌자들에게 지시를 내리던 요시오가 뛰어내린 베란다 밖으로 고개를 내밀어 그의 행방을 찾았다.

그가 건물 밖으로 나오기까지 몇 초 지나지 않았지만 그의 모습은 잘 보이지 않았다.

그래서 적외선 카메라를 이용해 확인을 하니, 그는 벌써 자신들이 있는 곳에서 20층이나 내려간 뒤였다.

'아머 슈트를 입고서도 이렇게 고전을 하다니.'

오웬은 그동안 작전을 하면서 이렇게 고전을 한 기억이 없었다.

특히나 아머 슈트를 지급받은 뒤로 언제나 적들을 압도하면서 작전을 성공시켰다.

하지만 오늘은 그렇지 못했다. 더욱이 신형 아머 슈트를 입고서도 밀렸다.

비록 적의 숫자가 많았다고 하지만 그건 변명에 지나지

않는다.

오웬이 도망친 요시오와 닌자들을 생각하고 있을 때, 도노반이 그의 곁으로 다가와 말을 걸었다.

"보스! 어서 나가야 합니다."

"알았다, 철수한다."

이곳에 올 때까지만 해도 유출된 신형 슈트 아머의 설계도가 들어 있는 USB를 회수할 수 있을 것이라 생각했다.

하지만 뜻밖의 적으로 인해 작전은 실패하고 말았다.

더욱이 그들의 전력이 결코 낮지 않았다.

비록 아머 슈트를 입은 것은 아니지만, 만약 각성제를 사용하지 않았다면 먼저 퇴각하는 쪽은 그들이 아니라 자신들이 되었을 것이란 생각에 오웬이 왠지 화가 났다.

가슴 깊은 곳에서 치밀어 오르는 패배감에 어금니를 깨물었다.

"돌아간다! 움직여!"

오웬의 명령을 들은 CIA특작팀 요원들은 베란다로 나와 자신들이 내려온 옥상을 향해 점프를 했다.

이들이 점프를 하자 아머 슈트에서 부스터가 나와 점화가 되었다.

CIA특작팀의 신형 아머 슈트는 10분간 짧은 비행도 가능하게 설계가 된 것이라 요원들은 작전 지역을 이탈하기 위해 비행기능을 활성화했고, 빠르게 옥상으로 날아갔다.

부하들이 모두 방을 떠나자 오웬은 어둠 속으로 사라지는 요시오의 뒷모습을 쳐다보며 속으로 다짐을 했다.

'다음에는 이렇게 보내지 않을 것이다.'

조국의 물건을 욕심내고 도둑질한 그들을 다음에 만나게 되면 가만두지 않을 것이라 다짐을 하고 자신도 아머슈트의 부스터를 작동하고 방을 빠져나갔다.

CIA특작팀과 닌자들이 89층 스위트룸에서 난리를 쳤지만, 그 시각은 그리 오랜 시간이 아니었다.

겨우 10분 남짓한 시간을 그 안에서 전투를 벌이고, 그 틈에 장강 18호인 유월협이 탈출을 하는 바람에 언제 공안들이 몰려올지 모르는 상태이기에 이들도 현장을 빠져나갔다.

이들이 모두 호텔 방을 빠져나가고, 난장판이 된 방만이 이들이 이곳에서 전투를 벌였다는 흔적을 남겨 놓았다.

❖　　❖　　❖

한창 전투가 벌어지고 있던 방에서 유월협이 빠져나오자

성환은 망설이지 않고 유월협의 뒤로 내려와 입을 틀어막고 마혈을 찍었다.

'읍!'

겨우 현장을 빠져나왔는데, 누군가에게 제압을 당하자 유월협은 깜짝 놀랐다.

"조용히 해라! 말만 잘 들으며 아무런 고통이 없을 것이다."

나직한 목소리가 들리고 유월협은 정신을 잃었다.

성환이 마혈을 짚어 움직임을 통제하고 수혈을 짚으면서 그를 재웠다.

그런데 유월협을 들고 어떻게 할까? 고민을 하던 성환은 생각해 보니 바로 위가 자신이 체크인을 한 자신의 방이란 것이 생각났다.

'아! 이 위가 내 방이군!'

이혜연의 일로 한바탕 사건이 일고 그녀를 찾았지만, 이혜연의 유혹에 넘어가 그녀와 관계를 맺게 되면서 자신의 방으로 돌아가지 않았다.

언제나 이성적으로 행동을 하던 성환이지만 그 순간만큼은 이성적인 판단을 하기보단 본능에 충실했다.

순간 타오르는 열정을 이기지 못하고 그녀와 몇 시간을

계속해서 섹스를 했다.

어느 정도 열기를 배출하였을 때, 이상한 소리를 듣게 되었다.

이렇게 정작 자신이 투숙한 숙소를 놔두고 엉뚱한 방에서 이혜연과 관계를 가지다 보니 일이 벌어진 곳이 자신이 묶는 방 바로 밑이란 것을 잊고 있었는데, 유월협을 제압하고 그를 숨길 곳을 찾다보니 자신의 방이 바로 위라는 것을 깨닫게 되었다.

성환은 일단 유월협을 자신의 방에 숨겼다.

그리고 방밑에서 벌어지고 있는 내각정보국 닌자들과 아머 슈트를 입은 새로운 자들의 전투에 귀를 기울였다.

성환은 새로 나타난 자들이 미국의 CIA특작팀이란 것은 모르고 그저 새로운 세력이라고만 생각했다.

10여 분을 살피고 있으니 두 세력 간의 전투가 끝났다.

그리고 누군가 밖으로 뛰쳐나가고 뒤이어 이곳 황룡빌딩에서 멀어지는 것이 느껴졌다.

뿐만 아니라 아머슈트를 입은 자들도 현장을 떠나는 것을 목격했다.

먼저 사라진 자들과 다르게 이들은 건물 옥상을 향해 현장을 벗어났다.

그들이 자신이 묶고 있는 방을 지나가자 살며시 방에서 나와 이혜연이 잠들어 있는 방으로 들어갔다.

나올 때처럼 베란다 난간을 뛰어 돌아갔다.

하지만 어느 누구도 성환이 그렇게 움직이는 것을 발견한 사람은 없었다.

◈　　◈　　◈

이혜연과 뜨거운 열기를 뿜었던 침대는 아직도 열기가 가시지 않고 그 흔적이 남아 있었다.

그리고 다행히 이혜연은 건너, 건너 방에서 벌어졌던 소란에도 아직 깨어나지 않고 잠들어 있었다.

아니, 기절해 있다고 하는 것이 맞을 것이다.

마지막 절정의 순간 너무도 강렬한 희열로 인해 기절해 아직도 깨어나지 못한 것이다.

하지만 언제까지 이렇게 놔둘 수는 없는 일이었다.

이런 소란이 있었으니 곧 공안이 들이닥칠 것이 분명했다.

그리고 주변을 조사할 것이 분명한데, 그런 곳에 이혜연을 남겨 놓고 싶은 생각이 없었다.

성환은 기절했던 이혜연을 일단 깨우기로 했다.

기절한 이혜연의 목뒤 혈을 자극했다.

"윽!"

짧은 비명과 함께 이혜연이 깨어났다.

"어머!"

깨어난 이혜연은 순간 당황해 비명을 질렀다.

그러면서 자신이 알몸이란 것을 깨닫고 몸을 덮고 있는 침대보를 더욱 끌어당겨 몸을 가렸다.

"어떻게 된 것이죠?"

지금 어떻게 된 것인지 상황 판단이 되지 않은 이혜연은 자신을 깨운 성환에게 질문을 한 것이다.

한데 생각지 못하게 자신에게 어떻게 된 것이냐는 질문을 들은 성환은 이혜연의 얼굴을 보며 뭐라고 설명을 해야 할지 난감했다.

자신과 섹스를 하던 중 절정의 순간에 그녀가 기절을 했다고 말을 하기가 너무도 어색했기 때문이다.

그런 말을 듣게 될 이혜연이 어떻게 받아들일 것인지도 참으로 난감했다.

그런데 성환에게 어떻게 된 것인지 질문을 했던 이혜연은 질문을 하고 난 뒤 자신이 왜 벌거벗고 있는 것이며, 그런 자신의 옆에 왜 성환이 있는 것인지 생각이 났다.

중국 협력 업체의 대표가 만나자는 전화를 받고 그와 만난 일, 그리고 그가 자꾸만 술을 먹이려는 것에 이상한 느낌을 받아 거부한 일과 마지막에 물을 한 잔 마시고 기절한 일 등 그 뒤로 깨어나 보니 자신이 알몸의 상태에서 성환을 보았고, 성환에 의해 위기에 빠졌던 자신이 구출되었다는 것을 알았다.

그런데 그 뒤로 자신이 성환을 유혹한 것과 그와 격정적으로 섹스를 했던 것까지 기억이 났다.

'어떻게 해!'

모든 것이 기억난 이혜연은 피가 얼굴로 쏠리며 벌겋게 변했다.

아직도 성환의 일부가 몸 안에 있는 것만 같은 느낌을 받았다.

이혜연은 처음 남자와 섹스를 했던 그때의 얼얼함이 하복부에 느껴지는 것만 같았다.

그렇지만 그것이 그때와 다르게 싫지 않았다.

처음 남편에게 강제로 강간을 당하듯 일방적으로 성관계를 했을 때는 그저 섹스는 그녀에게 아픔이었다.

하지만 남편이 죽고 2년 만에 가진 섹스는 그렇지 않았다.

자신이 원해서 그런 것도 있었지만, 성환과의 섹스는 일방적이지 않고 자신을 무척이나 배려를 해 주는 그런 것이었다.

그러다 보니 더욱 성환에게 몰입을 하게 되고 그게 너무도 기분이 좋아 그만 섹스를 하던 도중 기절을 하였다.

말로만 들었지 섹스를 하던 중 오르가즘이 극에 이르면 기절을 한다는 것을 경험할 줄은 이혜연 자신도 몰랐었다.

이렇게 모든 것이 생각이 나면서 이혜연은 너무도 부끄러워 자리에서 움직일 수가 없었다.

'어떻게 해! 어떻게 해!'

이혜연은 너무도 부끄러워 속으로 '어떻게 해!'만 연신 반복했다.

한편 이혜연이 질문을 하다 말고 고개를 숙이며 몸을 비비 꼬는 모습에 성환은 고개를 갸웃거렸다.

어떻게 설명을 할까?

난감해하던 그에게 이혜연의 반응은 너무도 이상했기 때문이다.

하지만 언제까지 이렇게 있을 수는 없었다.

"이 사장! 일단 자리를 옮기는 것이 좋겠어! 설명은 나중에 내가 다 해 줄 테니 일단 원래 숙소로 돌아가지.”

“아, 네!”

이혜연도 언제까지 이 방에 있을 수는 없었다.

이 방은 자신이 예약한 방이 아니었기 때문에 누가 보기라도 한다면 큰 낭패를 볼 수도 있었다.

“잠시만 돌아서 주세요.”

이혜연은 옷을 입기 위해 성환에게 돌아서 줄 것을 요구했다.

참으로 희한한 일이었다.

알몸으로 자신을 유혹할 때는 그렇게 당당하더니, 이미 볼 것 다 보고 서로 알 거 다 안 사이에 뭐가 부끄럽다고 돌아서 달라는 말을 하다니 참으로 여자들의 생각은 알 수가 없었다.

하지만 이혜연이 요구하는 것이니 성환도 거부 없이 등을 돌렸다.

그런데 참으로 요상한 것이 우연인지 모르지만, 등 뒤에서 옷을 입고 있는 모습이 성환의 눈에 모두 들어오고 있었다.

성환에게 무슨 초능력이 있어서 그런 것은 아니고, 성환이 있는 위치에서 정면에 커다란 거울이 있었기 때문이다.

여자들이 화장을 하기 위해 필요한 화장대가 그곳에 위치해 있다 보니 거울에 이혜연의 벌거벗은 모습이 보였던 것이다.

그것도 모르고 이혜연은 혹시나 성환이 자신의 알몸을 보기 위해 뒤돌아보지는 않을까? 걱정을 하며 성환의 눈치를 보며 옷을 입고 있었다.

그런 모습에 성환은 자신도 모르게 미소가 그려졌다.

"다 입었어요."

혜연은 얼른 바닥에 떨어진 옷을 입고 말을 했다.

혹시나 자신이 옷을 입는 사이 성환이 고개를 돌려 자신의 알몸을 보면 어쩌나 하는 생각에 급히 옷을 걸쳤다.

솔직히 이미 볼 꼴 못 볼 꼴 다 본 사인데 왜 그런 생각이 들었는지 모르겠지만, 일단 밝은 조명 아래 성환에게 자신의 알몸을 보인다는 것이 여간 신경 쓰였다.

성환은 혜연의 목소리가 들리자 거울 너머로 언뜻 언뜻 그녀의 몸매를 감상하다 고개를 들었다.

확실히 같이 한 침대를 쓰고 나니 그녀가 신경이 쓰이긴 했다.

별거 아닌 몸짓에도 뭔가 자신의 관심을 끄는 뭔가가 있었다.

고개를 돌려 옷을 다 입은 이혜연의 모습을 보며 성환은 그녀에게 다가가 급히 입는 바람에 약간 흐트러진 그녀의 옷매무새를 고쳐 주었다.

그런 성환의 모습에 이혜연은 조금 당황하기도 했다.

설마 무뚝뚝한 성환이 이런 섬세한 모습을 보일 줄은 생각도 못했기 때문이다.

'어머, 이런 면도 있었네!'

그러면서 또 한편으로 성환이 자신에게 이런 모습을 보이는 모습에, 이전보다 좀 더 친밀감을 느꼈다.

"제가 오빠라고 불러도 되죠?"

이혜연은 자신의 옷차림을 정리해 주는 성환을 보며 그렇게 물었다.

"그렇게 해."

성환도 혜연의 오빠라는 말에 그렇게 부르라는 대답을 했다.

"고마워요, 오빠."

이혜연은 성환의 허락에 고맙다는 말과 함께 까치발을 하며 그의 입술에 키스를 했다.

성환도 자신의 입술에 키스를 하는 이혜연의 입술을 받아들였다.

하지만 섹스를 하기 전처럼 격렬한 키스는 아니고, 사랑하는 연인이 서로 친밀감을 느끼는 그런 키스였다.

"오빠, 무슨 일이에요?"

"그럴 일이 있다. 이 옆, 옆방에서 잠시 소란이 있었는데, 아마도 그것 때문에 공안이 올 거다."

"알았어요. 다른 문제는 없는 거죠?"

"그래, 우리 하고는 상관없는 일이니 너무 걱정하지 마."

"알았어요, 그런데 우리 앞으로 어떻게 하죠?"

한참 앞으로의 일을 이야기하다 문득 자신과 성환과의 관계가 앞으로 어떻게 될 것인지 물었다.

갑작스런 혜연의 물음에 성환은 잠시 그녀의 눈을 지그시 쳐다보았다.

그리고 그녀의 눈동자에서 불안하게 떨고 있는 그녀를 보았다.

"너무 걱정하지 마. 나 그렇게 책임감 없는 사람 아니니……."

이혜연의 질문에 답을 하면서 성환은 자신의 미래에 관해서도 생각을 잠시 해 보았다.

지금은 아니지만 모든 일이 마무리된다면 그때는 이혜연

을 받아들일 생각이다.

비록 겉으로야 아직 20대로 보이지만, 자신의 나이는 엄연히 39살이다.

곧 40이고 50이 될 것이다.

굳이 처녀장가를 가겠다는 생각도 없고, 오래 전 황미영과 깨진 다음부터는 그동안 여자에 관해서 생각을 하지 않았다.

그런데 어쩌다 보니 이혜연과 관계를 맺게 되자, 마냥 불안해하는 그녀를 그냥 두고 볼 수도 없었다.

이미 자신의 인생 안으로 들어온 그녀를 밀어낼 생각도 없기에 일단 최대의 목표인 프로젝트를 완료하면, 모든 일에서 손을 떼고 평안한 인생을 즐길 것이다.

그때 이혜연과 함께 가정을 꾸리고, 조카 수진이 가정을 꾸리는 것도 지켜볼 생각이다.

혹시나 수진이 결혼을 일찍 한다고 하면 그것도 좋았다.

현재 프로젝트는 순조롭게 진행이 되고 있다.

군에서 준비하던 S1프로젝트가 뜻밖의 상황으로 어그러지긴 했지만, 오히려 그것이 전화위복이 되어 판이 더 커졌다.

자신이 진행하는 프로젝트들이 어그러진 것 같으면서도 서로 연동하여 오히려 더 좋은 결과를 맺고 있었다.

섬에서 양성되고 있는 특임대는 비록 오리지널 S1프로젝트에는 미치지 못하겠지만, 우연히 이번에 입수한 탈로스의 설계도로 인해 미진한 부분을 보충해 줄 것이다.

그리고 만약 여건만 갖춰진다면 주변국의 눈치를 보지 않아도 될 군사력을 가지게 될 것이 분명할 것이다.

그렇게만 된다면 자신으로써는 원이 없었다.

자신이 그 정도만 해 줘도 군부를 꽉 쥐고 있는 대한회에서 남은 일은 알아서 잘 처리할 것이다.

자신이 더 이상 나설 필요도 없게 되고, 국회에 대한회 회원이 진출을 하고 있으니 곧 그들의 영향력은 급속히 향상되어 갈 것이며, 국회 안으로 진입하는 인원이 늘어날수록 프로젝트의 진행은 힘을 받아 보다 빠르게 진행이 될 것이다.

이런저런 생각을 하고 있을 때 이혜연이 얼른 성환의 정신을 깨웠다.

"오빠, 그럼 전 오빠만 믿고 가 볼게요. 나중에 봐요."

"그래, 나도 일단 내 방으로 올라가 봐야겠다. 그리고 중국 진출 건은 내가 알아서 좋은 곳과 연결해 줄 테니 이번 일은 모두 잊어라, 알았지?"

"알겠어요. 그럼 있다가 봐요."

성환은 혹시나 이번 일로 이혜연이 M&S엔터의 중국진출에 의기소침할까 자신이 따로 나서기로 결정했다.

금련방에서 운영하는 기획사도 있으니 잘만 연결 금련방에 팔려 온 한국 여성들의 일도 해결할 수 있을 것 같아서 그런 말을 하였다.

한편 자신의 방으로 가려던 이혜연은 성환의 뜻밖의 말에 눈을 반짝였다.

솔직히 아직 마음이 진정이 된 것은 아니다.

뜻밖의 사고로 성환과 관계를 맺게 되어 기쁘기도 하지만, 이번에도 낯선 사람에게 납치가 되었다는 것 때문에 가슴 한편으로는 아직도 심장이 두근거리고 떨렸다.

그리고 중국 진출이란 회사로 생각하면 큰 건수인데 그것이 수포로 돌아갔다는 것 때문에 무척 상심했는데, 성환이 중국 진출 건은 자신이 알아서 좋은 기획사와 연결을 시켜 주겠다는 말을 하자 무척이나 기뻤다.

"고마워요."

정말이지 성환이 무척이나 고마웠다.

다 쓰러져 가는 회사에 거금을 투자하고, 또 거물의 방해로 어려운 시기를 격고 있는 것도 해결을 해 주었다.

그런데 이번에도 회사가 성장하기 위해 새로운 시장을 개

척하려는 때 도움의 손길을 내밀어 주니 이혜연에게 성환은 구세주와 같은 존재로 여겨졌다.

어렵고 힘들 때면 짠하고 나타나 구원을 해 주니 성환이 바로 이혜연에게 구세주요, 슈퍼 히어로였다.

이혜연은 속으로 이런 생각을 하게 되었다.

'이러니 아이들이 오빠를 따르지.'

트윙클 멤버들은 본능적으로 성환의 가까이 있으면 어려움을 해결할 수 있을 것이란 생각을 가지고 있는 게 분명했다.

그저 알고 있던 동료의 삼촌이 아닌, 자신들의 삼촌이었으면 하는 바람을 가지고 그를 삼촌이라 부른 것이 아닌가, 하는 생각마저 들었다

이혜연이 그렇게 성환의 고마움을 안고 자신의 방으로 돌아가고, 성환도 그녀와 머물던 방을 한 번 돌아보고 바로 자신의 방이 있는 90층으로 올라갔다.

❖　　❖　　❖

두 사람이 89층을 떠나고 30분이 흐른 뒤 일단의 사내들이 89층에 나타났다.

공안이란 완장을 차고 있지만 그들의 복장은 공안이라기보다는 군인에 가까운 완전 무장을 하고 있었다.

검은 제복에 전투모를 쓴 그들은 89층에 올라오기 무섭게 8905호를 향해 신속하게 움직이며 자리를 잡았다.

그들의 손에는 Type—100이라는 총이 들려있는데, 이 총은 중국군 제식 소총인 Type—95를 시대에 맞게 개량한 소총이다.

불펌식 소총인 것은 맞지만, 공안들이 근무하는 도시 내부에서 사용하기 편하게 총신을 좀 더 짧은 기관단총이면서 발사속도는 향상시킨 최신형 소총이다.

즉, 시가전에 맞게 개량한 총이란 것이다.

아무튼 공안 특수부대에 속한 이들은 국안부에서 출동 명령이 떨어져 급하게 출동해 국안부 요원을 구하기 위해 이 자리에 왔다.

하지만 사건 현장은 무척이나 조용했다.

그래서 선뜻 현장으로 진입하지 못하고 복도에서 방 안을 살피고 있다.

"아직도 진입하지 않고 뭐하고 있나!"

방 안의 상황을 모르는 상태라 선뜻 진입하지 않고 방 안쪽을 살피던 공안 특수부대의 뒤에서 호통 소리가 들렸다.

호통을 친 남자는 공안 특수부대와 다른 슈트 차림의 남자였다.

윤기 나게 머릿기름을 바른 남자는 마치 007영화에 나오는 스파이처럼 검은 정장을 입고 있었는데, 아마도 그는 유월협과 같은 국안부 소속 요원 같았다.

"안에 국가 영웅이 위험에 빠져 구원을 요청했는데, 귀관들은 이렇게 밖에서 동정만 살피고 있다니, 공안은 이게 국가를 위해 자신을 희생하는 요원에 대한 예의인가?"

어떤 상황인지도 모르는 상황에서 막무가내로 밀어붙이는 그 남자로 인해 공안 특수부대의 대원들의 표정이 좋지 않았지만, 그들은 상급기관인 국안부 요원의 말에 따를 수밖에 없었다.

"진입한다. 2대는 엄호하기 바란다."

공안 특수부대 대장의 말에 2대는 엄호를 준비하고 1대는 진입을 시도했다.

타타타탕!

참으로 위험천만한 상황이지만 그에 상관도 하지 않고 총질을 하고 있었다.

더욱이 이곳은 호텔이라는 것도 잊고 총질을 하고 있었다.

그 때문에 호텔에 투숙한 이들은 아닌 밤중에 들린 총소리 때문에 불안에 떨어야만 했다.

그리고 이미 공안이 올 것을 알고 있던 이혜연이나 한참 피곤에 절어 숙면을 취하던 다른 사람들도 마찬가지였다.

설마 호텔 안에서 총소리가 들릴 줄은 아무도 예상을 하지 못했기 때문이다.

그리고 그건 성환도 예상하지 못한 일이기에 이혜연이나 다른 사람들이 이 때문에 불안에 떨고 있을 것이 걱정이 되기도 했다.

"아무도 없습니다."

유월협이 묶던 방에 들어갔던 공안 특수부대원은 뒤에 대기하고 있는 이들에게 소리쳤다.

이미 사건 현장은 30분도 전에 사건과 관련된 사람들이 빠져나간 뒤였으니 어떤 것도 찾아볼 수 없었다.

그저 방 안에 뭔가 사건이 있었다는 흔적만이 남아 있을 뿐이었다.

그 소리에 공안 특수부대를 방으로 밀어 넣었던 남자는 얼른 방 안으로 뛰어 들어갔다.

그리고 그가 본 것은 여기저기 싸움의 흔적만 눈에 보였다.

◆　　　◆　　　◆

한편 공안이 오기 전까지 납치한 유월협에게서 USB의 행방을 알아낸 성환은 조금 전 총소리가 들리자 그곳에 벌어지는 움직임에 귀를 기울였다.

"아무도 없습니다."

"찾아!"

자신이 있는 방 아래층에서 공안들의 소란스러운 소리를 들으며 성환은 작은 미소를 지었다.

30분 전에 자신의 방으로 돌아와 유월협에게 최면을 걸어 그가 알고 있는 비밀과 탈로스의 설계도가 들어 있는 USB의 행방을 물어본 뒤 유월협을 건물 옥상에 가져다 두었다.

물론 성환이 유월협을 옮겨다 둘 때는 이미 CIA특작팀이 타고 왔던 헬기나 그들의 그림자는 보이지 않았다.

그렇기에 성환이 옥상에 유월협을 숨기고 내려와 그가 숨겨 둔 USB를 찾을 때까지 아무도 그런 성환의 움직임을 발견한 사람은 없었다.

똑똑!

성환이 이런저런 생각을 하고 있을 때, 문 밖에서 노크하는 소리가 들렸다.

"누구야!"

"공안이다. 문 열어!"

성환이 노크에 대답을 하자 밖에서 공안의 고함 소리가 들렸다.

명령조의 소리를 들었지만 성환은 느긋하게 방문을 열었다.

조금 늦게 열어서 그런지 공안의 태도는 결코 좋지 못했다.

탁!

성환이 문을 열자 공안이 들어오면서 성환을 밀어붙이며 소리쳤다.

"문을 여는 것이 뭐가 그리 굼떠!"

탁!

자신을 밀치는 공안의 손을 쳐 냈다.

그런 성환의 행동에 공안의 표정은 더욱 싸늘해졌다.

지금까지 공안의 행사에 이렇게 반항하는 이들은 없었다.

아니, 있기는 하지만 그들은 권력 상층부 한참 위해 인물들이기에 지금 황룡호텔 스위트룸에 묶을 정도의 인물이 그런 인물들은 아니었다.

그들 정도면 스위트룸이 아닌 펜트하우스를 이용하는 이들이기 때문이다.

그런데 겨우 스위트룸에 묶으면서 공안의 심문에 반항을

하자 눈이 돌아갔다.

"이 자식이 어디서 공안의 몸을 쳐! 연행해!"

성환의 방으로 들어오면서 고압적인 말투를 일삼던 급기
야 자신의 동료들에게 성환을 연행하라는 말을 했다.

그리고 또 다른 공안들도 마찬가지로 성환의 비협조적인
태도에 강제로 연행을 하려고 달려들었다.

공안들도 웬만하면 고급 호텔에 그것도 비싼 룸을 임대한
손님들을 이렇게 함부로 다루지 않지만, 조금 전 있었던 사
건 때문에 국안부 요원에게 시달린 것이 있다 보니 이렇게
강압적인 모습이 되었다.

어느 나라나 공무원들의 스트레스는 장난이 아니다.

무소불위의 권력을 행사하는 공안도 그보다 상급기관인
국안부의 요원들에 시달리다 보니 스트레스가 장난이 아니
었는데, 조사를 하러 들어온 곳에서 자신들에게 협조는 하
지 못할망정 반항을 하고 있으니 자신들을 무시하는 것으로
받아들여 연행을 결심한 것이다.

더욱이 이곳은 사건이 있던 방 바로 위층이 아닌가?

연행을 한다고 해도 이상할 것이 없었기에 공안들은 성환의
신분이나 그런 것도 묻지 않고 바로 연행을 결심한 것이다.

하지만 이들은 알지 못했다.

성환 개인을 떠나서 성환의 뒤에 있는 배경이 이들이 상상하는 그 이상이란 것을 말이다.

성환은 자신을 연행하려는 공안의 모습을 보며 별다른 표정의 변화가 없었다.

아니, 강제로 연행을 하려는 그들의 모습에 살짝 미소를 머금고 그들을 쳐다보다 한 소리 했다.

"제갈궁을 불러라!"

이들이 공안이라 밝혔으니 몇 시간 전 자신의 일을 도와준 제갈궁이 생각이 나 그를 부른 것이다.

한편 성환의 입에서 제갈궁이란 말이 나오자 공안은 고개를 갸웃거렸다.

자신들이 공안이란 것을 알면서 연행을 하려는데 제갈궁이란 사람을 부르라니 이해를 하지 못한 것이다.

한 번도 들어보지 못한 사람의 이름을 거론하는 것에 공안들은 성환을 어떻게 할 것인지 고민을 하였다.

그런데 이때 다급하게 성환의 방으로 뛰어오는 소리가 들렸다.

"헉! 헉!"

성환의 방으로 달려온 사람은 제갈궁의 부관인 주유한이었다.

너무 급하게 달려왔는지 몸을 숙이고 숨을 헐떡이고 있었다.

"누구냐!"

갑자기 방으로 난입한 주유한의 모습을 본 공안은 주유한을 보며 소리쳤다.

그런 공안의 소리에 고개를 들어 자신에게 소리친 공안을 본 유한은 자신의 신분을 밝혔다.

"난 공안 특수부 3팀 주유한 3급 경독이다. 여긴 내가 알아서 할 것이니, 너희는 다른 곳을 수색해라!"

자신을 3급 경독이라 말하는 주유한의 말에 긴가, 민가 고개를 갸웃거리던 공안들은 주유한이 신분증을 꺼내 보이자 경례를 했다.

3급 경독이라면 3급이나 높은 계급이었다.

더욱이 뒤 배경이 확실한 특수부라는 말에 얼굴이 바짝 굳었다.

이들은 바로 밑에 있는 국안부 요원하고는 또 다른 의미로 일반 공안들에게 다가온다.

공안 안에 있는 권력자들이 바로 이들 출신들이다.

총경감과 부총경감의 관리를 받은 이들 특수부는 아무리 뛰어난 공안들이라도 출신 배경이 자격 조건에 맞지 않으면

뽑지 않는 것으로 유명했다.

그러니 그곳의 말단도 함부로 할 수 없는 인물인데, 3급 경독이라면 특수부 내에서도 직급이 있는 인물이었다.

그러한 것을 알고 있기에 공안들은 조금 전까지 자신들이 연행하려던 성환을 다시 보게 되었다.

공안 특수부와 관계가 있는 인물을 강제 연행을 하려고 했으니 어쩌면 자신들의 목이 날아갈지도 모를 일이었다.

"조금 전 무례를 용서하십시오."

공안들은 얼른 성환에게 고개를 숙여 사과를 하고 물러났다.

그런 공안들의 모습을 보던 주유한은 얼른 고개를 돌려 성환을 보고 고개를 숙였다.

"미리 소란을 처리하지 못해 번거롭게 한 점, 죄송합니다."

제갈궁이 상부로 보고를 하러가면서 성환을 감시하는 것은 주유한의 일이 되었다.

이미 성환과 이혜연이 일도 모두 알고 있었다.

호텔 보안실에서 감청팀이 자리를 잡고 성환을 꼼꼼히 감시를 하고 있었다.

물론 성환도 이런 것은 다 알고 있었기에 별다른 말은 하지 않았다.

"내 일행들도 밑에 있으니 혹시 그들이 불편하지 않게 조치를 취해 주기 바란다.”

“알겠습니다.”

주유한은 성환의 말에 얼른 대답을 하고 밖으로 나갔다.

괜히 패왕이라 불리는 성환과 같은 공간에 오래 있고 싶은 생각이 없었기 때문이다.

서호 주변에서 성환이 금련방 장로들과 반란을 일으켰던 자들을 어떻게 죽이는지 직접 보았기에 그는 성환에게 깊은 공포를 느끼고 있었다.

그렇기에 호텔 지하에서 성환이 웨이터에게 윽박지르고 있을 때도 성환을 발견했으면서 가까이 다가오지 못했던 것이다.

주유한이 자신에게 겁을 집어먹고 있다는 것을 생각지 못하는 성환은 주유한이 급하게 자신의 부탁에 일을 처리하기 위해 나가는 모습에 고개를 갸웃거렸다.

그저 불편이 없기를 바란다는 말에 과잉 반응을 하는 것에 알 수 없다는 표정을 지을 뿐이다.

‘잘됐군!’

한편 그러면서도 주유한이 나섰으니 귀찮은 일이 쉽게 해결이 된 것에 미소가 더욱 짙어졌다.

참으로 적당한 때에 주유한이 나서는 바람에 돌발 상황이

해결이 되었다.

만약 그가 나타나지 않았다고 해도 별문제는 없었을 것이
지만 조금은 복잡한 절차로 인해 귀찮을 뻔했다.

그렇게 성환은 중국에서의 일정을 무사히 마칠 수 있었다.

〈『코리아갓파더』 제10권에서 계속〉

1판 1쇄 찍음 2014년 5월 15일
1판 1쇄 펴냄 2014년 5월 20일

지은이 | 정사부
펴낸이 | 정 필
펴낸곳 | 도서출판 뿔미디어

편집장 | 이재권
기획 · 편집 | 윤영상

출판등록 | 2002년 9월 11일 (제081-1-132호)
주소 | 경기도 부천시 원미구 상동로 117번길 49(상동) 503호 (우)420-861
전화 | 032)651-6513 / 팩스 032)651-6094
E-mail | bbulmedia@hanmail.net
홈페이지 | http://bbulmedia.com

값 8,000원

ISBN 979-11-315-1155-8 04810
ISBN 978-89-6775-518-8 04810 (세트)

www.bbulmedia.com

www.bbulmedia.com